王女《おうじょ》さまの
ドレスクロゼット

わたしたち王女《おうじょ》には
人《ひと》びとの注目《ちゅうもく》をあびる行事《ぎょうじ》もいっぱい。
場所《ばしょ》や任務《にんむ》にあわせたドレスを
自分《じぶん》らしく着《き》こなすよう、がんばっています。

ロザリンド姫《ひめ》
イザベラ姫《ひめ》
フレイア姫《ひめ》
キュートなショート丈《たけ》で目立《めだ》っちゃお～
クララベル姫《ひめ》
ナッティ姫《ひめ》

舞踏会《ぶとうかい》のドレス

お城《しろ》のホールで王子《おうじ》さまや王《おう》さまと
ダンスをおどる舞踏会《ぶとうかい》。
とびきりのおめかしと
はなやかな笑顔《えがお》でのぞみます。

バラのモチーフがお気《き》に入りなの！
ルル姫《ひめ》
ジャミンタ姫《ひめ》
ユリア姫《ひめ》

海《うみ》を思《おも》わせるブルーを選《えら》んだわ
クララベル姫《ひめ》
アミーナ姫《ひめ》
マヤ姫《ひめ》

お食事《しょくじ》パーティーのドレス

行事《ぎょうじ》に集《あつ》まった王《おう》さまや家族《かぞく》をもてなすために、よくひらかれるのがお食事《しょくじ》パーティー。ゆかまでのロング丈《たけ》やノースリーブ、手《て》ぶくろなどが基本《きほん》スタイルです。

ジャミンタ姫《ひめ》
ユリア姫《ひめ》
サマー姫《ひめ》
イザベラ姫《ひめ》
大《だい》好《す》きな色《いろ》
カナリアイエローよ
ロザリンド姫《ひめ》

結婚《けっこん》セレモニーのドレス

**結婚式《けっこんしき》へおよばれしたら、聖堂《せいどう》での
おごそかなセレモニーに参列《さんれつ》するのにふさわしい
スリムめのシルエットでまとめます。**

花《はな》よめさんよりはでにならないようにするのがマナーよ
ナッティ姫《ひめ》
ロザリンド姫《ひめ》
イザベラ姫《ひめ》

サマー姫《ひめ》
マヤ姫《ひめ》
わたしは 花《はな》よめさんに
つきそうブライズメイドの
特別ドレス！
エラ姫《ひめ》
アミーナ姫《ひめ》

ティータイムのドレス

おやつを用意《ようい》して
ピクニック。
お花《はな》をイメージした
ドレスでそろえれば、
花《はな》のようせいの気分《きぶん》に。

何《なん》のお花《はな》をイメージしたドレスかあててみて！
クララベル姫《ひめ》
エラ姫《ひめ》
フレイア姫《ひめ》

わたしはね
チューリップ！
ナッティ姫《ひめ》
ルル姫《ひめ》
ジャミンタ姫《ひめ》
サマー姫《ひめ》

ユリア姫《ひめ》
ルル姫《ひめ》
学年《がくねん》ごとに
少《すこ》しずつちがう
デザインなの
セーラーえりと
細《ほそ》ストライプよ！
サマー姫《ひめ》
エラ姫《ひめ》

フレイア姫《ひめ》
ジャミンタ姫《ひめ》
クララベル姫《ひめ》
ナッティ姫《ひめ》

制服《せいふく》のドレス

王女《おうじょ》さまの学園《がくえん》、ロイヤル・アカデミーでは制服《せいふく》ドレスで授業《じゅぎょう》をうけます。ふんわりふくらんだそでやフリルのあしらわれたスカートが、かわいいでしょう？

ニンジャのドレス

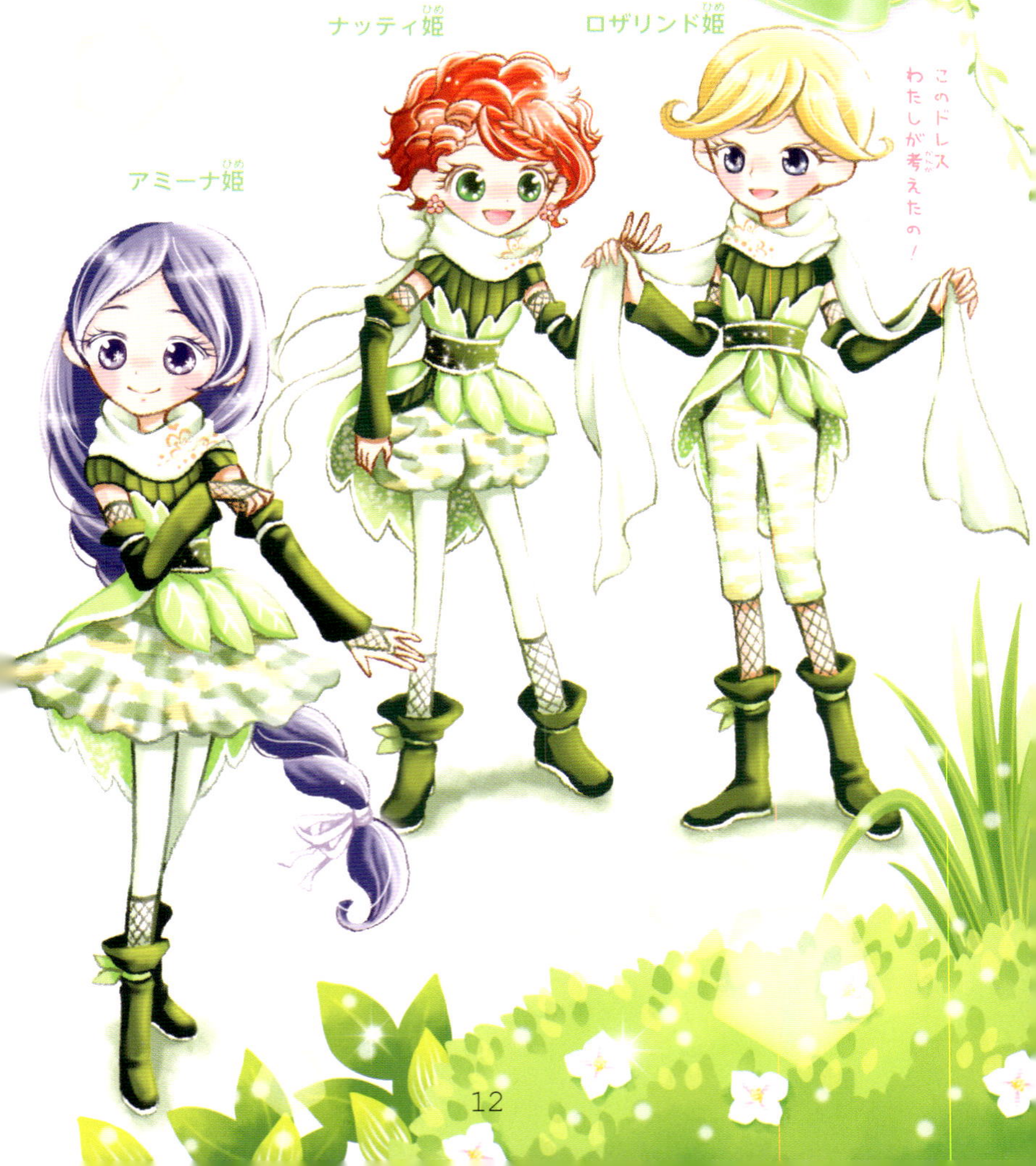
ナッティ姫《ひめ》
ロザリンド姫《ひめ》
アミーナ姫《ひめ》
このドレス わたしが考《かんが》えたの！

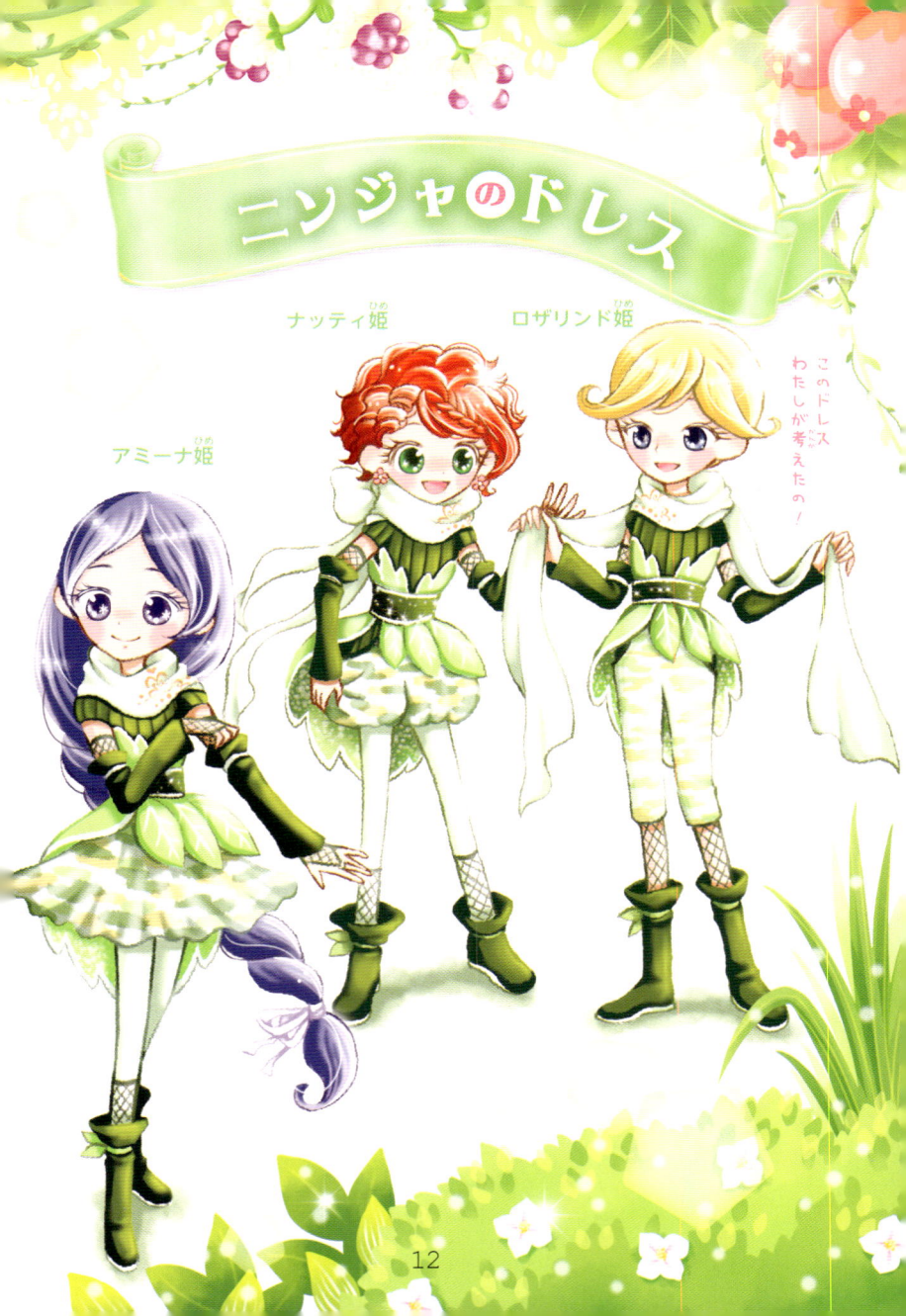

大人《おとな》にないしょの冒険《ぼうけん》をするときは、ショート丈《たけ》ドレスにタイツやレギンスをあわせた、動《うご》きやすいスタイルに変身《へんしん》します。暗《くら》やみにだって、じょうずにまぎれちゃう！

クララベル姫《ひめ》
目立《めだ》たないようにティアラははずしたのよ
ルル姫《ひめ》
イザベラ姫《ひめ》
ユリア姫《ひめ》

ユリア姫《ひめ》

ナッティ姫《ひめ》

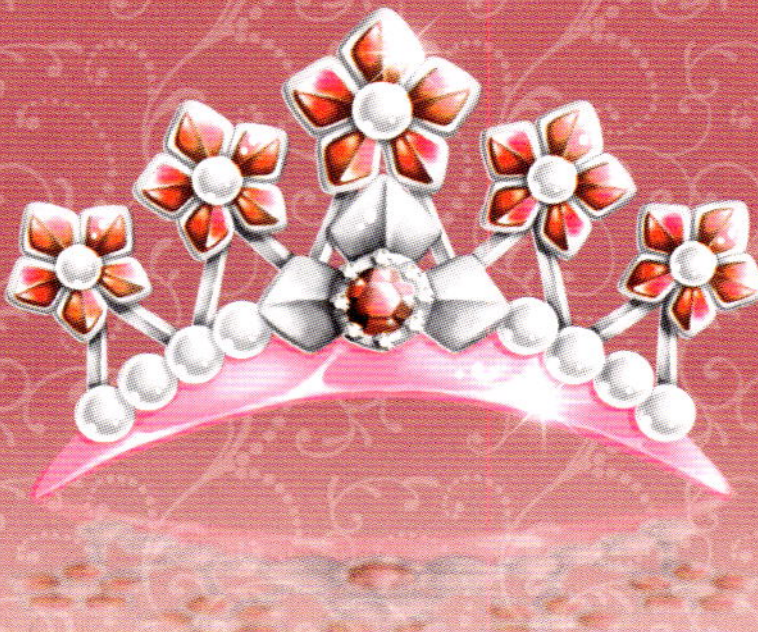

クララベル姫《ひめ》

サマー姫《ひめ》

イザベラ姫《ひめ》

ジャミンタ姫《ひめ》

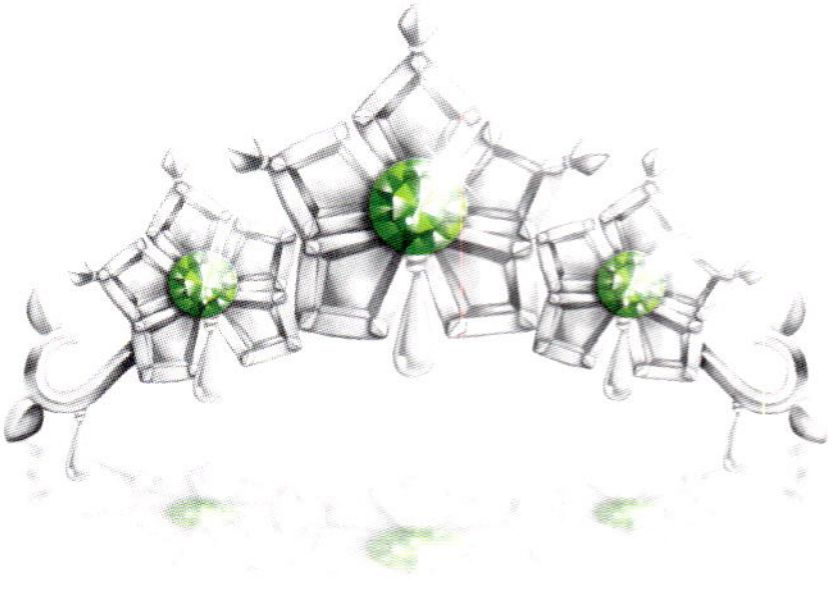

マヤ姫《ひめ》

王女《おうじょ》のティアラ

ドレススタイルにかかせない、大切《たいせつ》なアクセサリーです。細《こま》かい細工《さいく》がほどこされていたり、たくさんの美《うつく》しいジュエルがあしらわれているのよ。

ロザリンド姫《ひめ》

エラ姫《ひめ》

フレイア姫《ひめ》

アミーナ姫《ひめ》

ルル姫《ひめ》

Invitation

ティアラ会《かい》からの招待状《しょうたいじょう》

原作 ポーラ・ハリソン
企画・構成 チーム151E☆

学研

ユリア姫《ひめ》

こんにちは。
わたしたちは
おとぎの世界《せかい》の王女《おうじょ》
ユリアと

ナッティです。
これまで
たくさんの
国《くに》をおとずれて

かわいくて
かしこくて
勇気《ゆうき》ある
王女《おうじょ》さまと出会《であ》い

『ティアラ会《かい》』という
友情《ゆうじょう》の活動《かつどう》を
してきました。

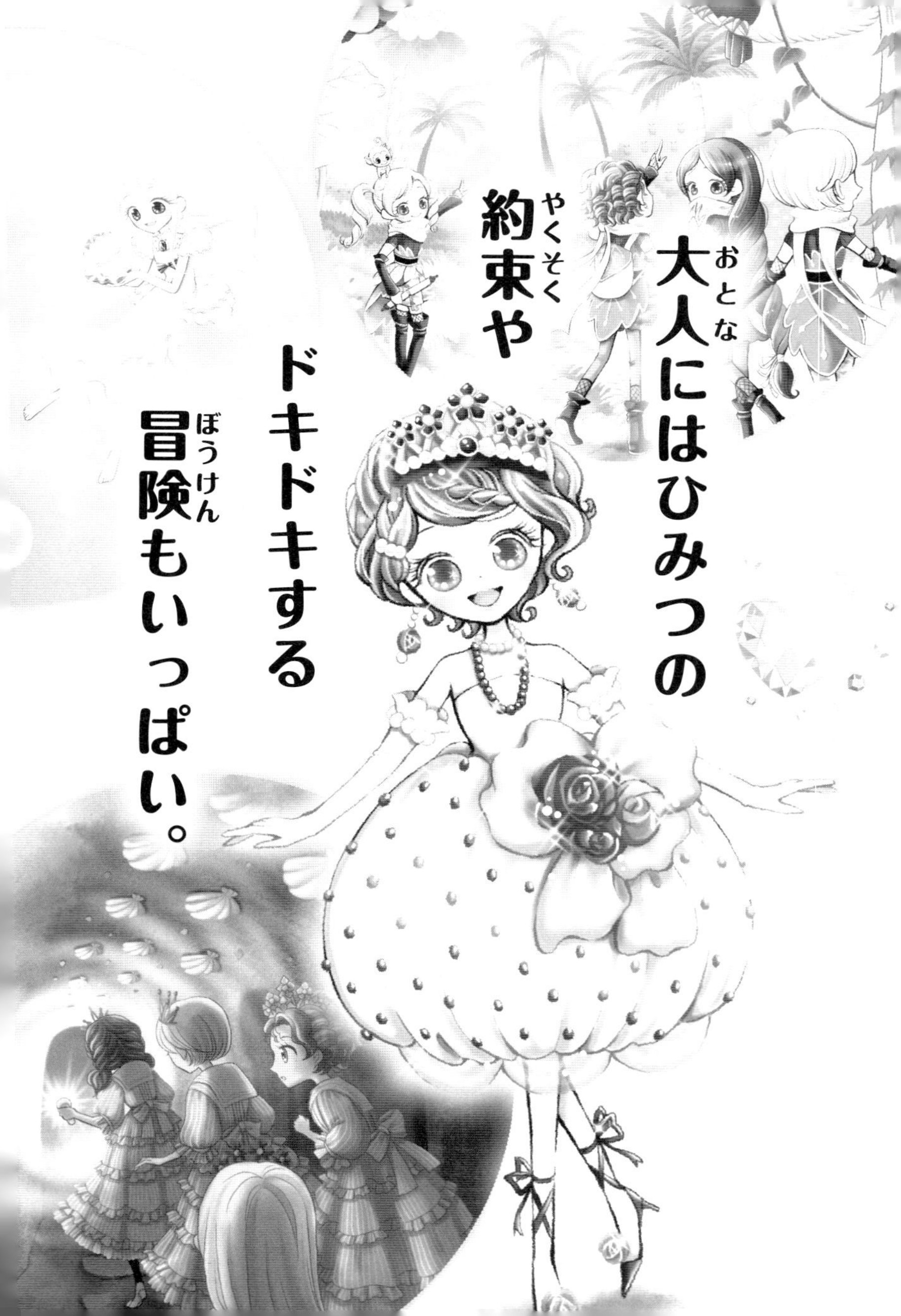
大人《おとな》にはひみつの
約束《やくそく》や
ドキドキする
冒険《ぼうけん》もいっぱい。

そんな『ティアラ会《かい》』へ
あなたを
ご招待《しょうたい》します！
リッツディングランド王国《おうこく》
王女《おうじょ》　ユリア・ナッティ

ティアラ会《かい》からの招待状《しょうたいじょう》

もくじ

ナッティ姫《ひめ》とユリア姫《ひめ》の物語《ものがたり》

心《こころ》と心《こころ》が通《つう》じあえば…

ようこそティアラ会《かい》へ。メンバーをしょうかいします！

メンバーは現在《げんざい》12人《にん》。
かわいくてかしこくて
勇気《ゆうき》ある女《おんな》の子《こ》ばかりです。

年《どし》の仲間《なかま》です

だれかがこまっているときには、かけつけます。

ウィンテリア王国《おうこく》の
クララベル姫《ひめ》

リッディングランド王国《おうこく》の
ユリア姫《ひめ》

わたしたち おない

ふだんは別《べつ》べつの国《くに》でくらしているけれど、連絡《れんらく》しあい

ウンダラ王国《おうこく》の
ルル姫《ひめ》

ノーザンランド王国《おうこく》の
フレイア姫《ひめ》

オニカ王国《おうこく》の
ジャミンタ姫《ひめ》

次《つぎ》のページから ひとりずつ自分《じぶん》のことをお話《はな》ししていきます

ユリア姫《ひめ》

（リッディングランド王国《おうこく》）

では、まず、わたしから自己《じこ》しょうかいをはじめます。

好《す》きな色《いろ》は、この赤《あか》い髪《かみ》にあうピンク。

ロマンチックなできごとや、お花《はな》のドレスが大好《だいす》きです。

家族《かぞく》は、マナーや立《た》ち居《い》ふるまいにきびしい母《はは》と、おだやかでやさしい父《ちち》、それから『ティアラ会《かい》』の〝仲間《なかま》〟でもある、妹《いもうと》のナッティ。

小指《こゆび》の
ジュエル
ルビー

わたしって、こんな女の子！
運動が得意
はずかしがり
おしとやか

↑妹のナッティとは、目もとが似ているって、よくいわれるわ

長女《ちょうじょ》のわたしは、おさないころから、リッディングランド王国《おうこく》のあととりである第一王女《だいいちおうじょ》として、人一倍《ひといちばい》しっかりするように、きびしくしつけられてきました。

だから、お勉強《べんきょう》は、わりと得意《とくい》なほうなのよ。

春《はる》の大舞踏会《だいぶとうかい》で〝デビュー（ほかの国《くに》の王《おう》さまや王妃《おうひ》さまに、正式《せいしき》なごあいさつをする行事《ぎょうじ》）〟をするときにも、ずいぶんまえからレッスンをうけ、舞踏会《ぶとうかい》に参加《さんか》されるかた全《ぜん》員《いん》の、お顔《かお》とお名前《なまえ》をおぼえました。

たいへんだけど、だいじな行事《ぎょうじ》のときに、人《ひと》まえでもどうどうとした態度《たいど》でいられるよう、準備《じゅんび》はしておきたいと思《おも》っています。

妹《いもうと》に、まじめすぎるって笑《わら》われるけどね。

フレッシュ
ピーチジュース
シロップたっぷり
ふわふわパンケーキ
何もいわなくても
わたしの考えている
ことに気づいてくれるの

家族《かぞく》といえば、もうひとり、だいじな人《ひと》をしょうかいします。わたしが五才《ごさい》のころから、お世話《せわ》をしてくれている、おつきの女性《じょせい》、アリーよ。

アリーはお城《しろ》へくるまえに、〝ひみつそうさ員《いん》〟をしていたそうで、いつも冷静《れいせい》で、とりみだしたりしません。

冒険《ぼうけん》のための知恵《ちえ》やわざを教《おし》えてくれたり、アドバイスしてくれるうえに、いいタイミングで、すてきなおやつやドリンクを、はこんできてくれるの！

信《しん》らいできる存在《そんざい》で、『ティアラ会《かい》』のひみつをうちあけた、ただひとりの大人《おとな》です。

それから……わたしの性格《せいかく》のことをお話《はな》ししますね。

曲《ま》がったことや、だれかをきずつける人《ひと》を、ゆるせないところがあります。

ミストバーグの森《もり》にあった、法律違反《ほうりついはん》のわなも、みすごせなかった。

犯人《はんにん》を自分《じぶん》たちでさがそうと、クララベル姫《ひめ》たちに提案《ていあん》したときは、内心《ないしん》ドキドキしました。

もしも、きょとんとされたり、反対《はんたい》されたり、あきれられたりしたら、ショックだな、どうしよう……って。

実際《じっさい》、人間関係《にんげんかんけい》で正《ただ》しさをつらぬくのは、かんたんではないし、とても勇気《ゆうき》がいることです。

クララベル姫《ひめ》たちも、さすがに、はじめはおどろいた顔《かお》をしていたけれど……。

わたしの◎◎じまん！

（すんでいる国）

森や山や海があり、自然がゆたかなの。ロイヤル・アカデミーという王女さまの学園もあります

LOVE
スキなタイプ
フレンドリーで親しみやすいかた

みんな、わたしの提案《ていあん》に賛成《さんせい》してくれました！

正義感《せいぎかん》が強《つよ》くて、勇気《ゆうき》のある王女《おうじょ》さまばかりだったんです。

〝仲間《なかま》〟が、おたがいに信《しん》らいできる関係《かんけい》となり、それをつづけていくために、自然《しぜん》な気《き》くばりも心《こころ》がけたいです。

さびしい思《おも》いや気持《きも》ちをおさえこむ子《こ》がいないように……たとえば、フレイア姫《ひめ》と出会《であ》ったときには、こちらから声《こえ》をかけて、そりにさそってみたり、

はじめて会った人にも、自分から話しかけます！↓

スキなカラー Best Color
ローズピンク

最近の♥なやみ
妹のナッティが冒険ちゅうにあぶないことをしないかつい、心配してしまいます

Best3 ベストスリー!
テーマ(ドキドキしたこと!)
1 舞踏会でのごあいさつ
2 王子さまとのダンス
3 ジップワイヤー ミストバーグのお城にあったの

クララベル姫《ひめ》が何《なに》か自信《じしん》なさそうにしていたら、自分《じぶん》から話《はな》してくれるのを待《ま》ったり、いっしょにやろうと声《こえ》をかけたりしてみました。

メンバー全員《ぜんいん》の心《こころ》を元気《げんき》にして、笑顔《えがお》にできていたらいいな、と思《おも》います。

『ティアラ会《かい》』は全員《ぜんいん》、ハート形《がた》のジュエル(宝石《ほうせき》)をネイルアートしているのですが、これはジャミンタ姫《ひめ》のアイディアで、心《こころ》の通信《つうしん》ができる魔法《まほう》です。

わたしの夢《ゆめ》は、世界《せかい》じゅうの女《おんな》の子《こ》と、心《こころ》が通《つう》じあう〝仲間《なかま》〟になること。

みなさんのことも、もう〝仲間《なかま》〟だと思《おも》っています。

おなじ気持《きも》ちで、友情《ゆうじょう》の活動《かつどう》ができる日《ひ》を楽《たの》しみにしています!

わたしが主人公《しゅじんこう》の巻《かん》は、これ!「舞踏会《ぶとうかい》とジュエルの約束《やくそく》」

クラベル姫《ひめ》

（ウィンテリア王国《おうこく》）


わたしがくらしているのは、一年《いちねん》じゅう雪《ゆき》がつもっている北《きた》の国《くに》、ウィンテリア王国《おうこく》です。

真《ま》っ白《しろ》なかわいいキタキツネがすんでいて、王家《おうけ》のしるしである、もん章《しょう》にもなっているんですよ。

けれどね、いつもとても寒《さむ》いから、夏《なつ》に、あたたかい南《みなみ》の国《くに》へバカンスにいくのが、待《ま》ちどおしくてたまらないんです。

小指《こゆび》の
ジュエル
サファイア

わたしって、こんな女の子！
運動が得意
はずかしがり
おしとやか

↑エンパリ島で。巻き貝に耳をあてるときこえる音が、心地いいの…

中《なか》でも、ティア女王《じょおう》のおさめるエンパリ島《とう》は、いちばんのお気《き》に入《い》り。

ビーチにならぶヤシの木《き》と、美《うつく》しいターコイズブルーのラグーンがあって、さわやかなそよ風《かぜ》のビーチで、のんびりとすごすのが最高《さいこう》にしあわせなんです。

波《なみ》うちぎわでの貝《かい》がら集《あつ》めも、大好《だいす》きよ。

ティア女王《じょおう》がそのことをおぼえていて、みんなの中《なか》からただひとり、わたしを選《えら》んで、テーブルにかざる巻《ま》き貝《がい》ひろいを命《めい》じてくださったときには、とてもほこらしい気持《きも》ちでした。

それからね。

わたし、運動《うんどう》はたいていにが手《て》なのですが、泳《およ》ぐことだけは得意《とくい》なほうだと思《おも》います。

↑泳ぎが得意とはいえ、大波の中、イルカをかかえて進むのは、たいへんでした

エンパリ島《とう》にあらしがきて、イルカの赤《あか》ちゃんを助《たす》けたときは、泳《およ》ぎができてほんとうによかった、と思《おも》いました。

　そのイルカはね、ひどいけがをしていて、あれる海《うみ》にのみこまれそうになっていて……。真《ま》っ暗《くら》な海《うみ》は、おだやかなときとはちがって、とてもこわくて……ルル姫《ひめ》が「わたしにまかせて！」っていってくれたけど、イルカの赤《あか》ちゃんと仲《なか》のいい、わたしがいくべきだと。

　あらしの海《うみ》にとびこむなんて……自分《じぶん》でも信《しん》じられない、思《おも》いきった行動《こうどう》をするようになったのは、『ティアラ会《かい》』の〝仲間《なかま》〟になってからだと気《き》づきました。

　ミストバーグの森《もり》で、シカたちに危険《きけん》を知《し》らせるため、動物《どうぶつ》のなき声《ごえ》をまねし

たり、エンパリ島《とう》のビーチで、ウミガメのたまごをあらしていた王子《おうじ》にびしっと注意《ちゅうい》したり、イルカの赤《あか》ちゃんの命《いのち》より、ほかのことが優先《ゆうせん》されそうになったとき、おおきな声《こえ》で反対意見《はんたいいけん》をいったり……以前《いぜん》のわたしだったら考《かんが》えられないわ。

ふだんは、心《こころ》で思《おも》っていることを相手《あいて》にうまくいえなかったり、のみこんでしまう性格《せいかく》で、はたからみると、内気《うちき》でたよりなく思《おも》われていそうです。

けれど、動物《どうぶつ》の味方《みかた》をしたい、弱《よわ》っている人《ひと》の力《ちから》になりたい、と願《ねが》う気持《きも》ちは、だれにも負《ま》けません。

フレイア姫《ひめ》と出会《であ》ったときも、そうでした。

お父《とう》さまのきびしさをなげき、しょんぼりしているようにみえたフレイア姫《ひめ》……。

少《すこ》しでも元気《げんき》づけたくて、お部屋《へや》にいきました。

わたしの性格
長所
人や動物のためなら勇かんになれるところ？
短所
思っているのになかなかいえないところ
My_Favorite
スキな時間
・ビーチでのんびりとすごす時間
・貝がらを集めているとき

↑お父さまの命令で、仲よしの子ネコをつれていかれ、悲しんでいたフレイア姫。みんなでお部屋に“元気の出るおかし”をとどけたの

わたしはひとりっ子《こ》で、きょうだいがいません。

だから、『ティアラ会《かい》』の〝仲間《なかま》〟とお部屋《へや》でおしゃべりしたり、いっしょに作戦《さくせん》を考《かんが》えたり、冒険《ぼうけん》したりするしあわせは、だれより感《かん》じているほうだと思《おも》います。

そんなすてきな時間《じかん》を、フレイア姫《ひめ》にもとどけたかったの……。

『ティアラ会《かい》』の〝仲間《なかま》〟はみんな、かわいくて、かしこくて、運《うん》

Yes・Noに○をつけてね
さびしがり？ Yes・No
こわがり？ Yes・No
なみだもろい？ Yes・No
きょうだいがいる？ Yes・No
最近の♥ニュース
イルカの群れが海でジャンプするのをみました！
My Only たからもの
ティア女王がくださったむらさき色のアメジスト

動神経《どうしんけい》もよく、なんでもこなしてしまう、すばらしい王女《おうじょ》さまばかり。

　こんなわたしが、『ティアラ会《かい》』のメンバーでいていいのかしら……と、ひけめを感《かん》じたこともあるけれどね、今《いま》は、自分《じぶん》の長所《ちょうしょ》や、ほかの人《ひと》にできないことをみつけて、まえを向《む》こう、自信《じしん》を持《も》とう、と、心《こころ》で自分《じぶん》をはげましています。

　今後《こんご》なりたい目標《もくひょう》は、ジュエルのアメジストのような〝いやしのパワー〟をそなえた女《おんな》の子《こ》。

　なやんだりまよったり、心《こころ》が弱《よわ》っている人《ひと》や動物《どうぶつ》たちの、〝いやしの存在《そんざい》〟となれるよう、努力《どりょく》をつづけます。

わたしが主人公《しゅじんこう》の巻《かん》は、これ！
「南《みなみ》の島《しま》の願《ねが》いごとパール」

フレイア姫《ひめ》

（ノーザンランド王国《おうこく》）

小指《こゆび》の
ジュエル
サファイア

わたしのことを知《し》ってもらうには、なによりも、両親《りょうしん》とのことをお話《はな》しするのが、いちばんかと思《おも》います。
はじめましてのかたには、少《すこ》し重《おも》いかもしれませんが……きいてくださいね。
わたしは、ノーザンランド王国《おうこく》の国王《こくおう》である父《ちち》に育《そだ》てられました。

わたしって、こんな女の子！

運動が得意 ♥♥♥♡♡
はずかしがり ♥♥♥♥♥
おしとやか ♥♥♥♥♡

子ネコのミンキーにスリッパをかじられいかる父。こわかったわ……

母《はは》のことは……悲《かな》しいことに、あまりおぼえていません。赤《あか》ちゃんだったわたしを、雪《ゆき》ふる森《もり》のお城《しろ》へ残《のこ》し、天国《てんごく》へ旅立《たびだ》ったそうです。形見《かたみ》はただひとつ、スノークオーツのペンダントだけ。

ゆいいつの家族《かぞく》である父《ちち》は、とてもきびしい人《ひと》で、わたしのしたいことはたいてい「あぶないから」と、禁止《きんし》されてしまいます。

夜《よる》になると、お城《しろ》の庭《にわ》にさえ出《で》てはいけないといわれるし、雪国《ゆきぐに》なのに、そりであそぶのもゆるされないのです。

いつまでも過保護《かほご》にされ、全然信用《ぜんぜんしんよう》してもらえないのが、なやみでした。

母《はは》のいないさびしさと、父《ちち》に自由《じゆう》をもらえないつらさで、心《こころ》はこおりついていました。

←『ティアラ会』の“仲間”の
リクエストですべってみせたのよ

お城《しろ》には、グレタというおばあちゃんのメイドがいます。身《み》のまわりの世話《せわ》をしてくれたり、わたしの失敗《しっぱい》をかばって父《ちち》にしかられないようにしてくれたり、寒《さむ》い日《ひ》にはホットチョコレートをいれてくれたりする、とてもあたたかな存在《そんざい》。

それでも……心《こころ》のさびしさは、つのりました。

やがて、森《もり》のスケートリンクのおひろめ行事《ぎょうじ》にきてくれたユリア姫《ひめ》たちと出会《であ》い、『ティアラ会《かい》』の〝仲間《なかま》〟になったとき、心《こころ》にぱあっと光《ひかり》がさしました。

そりは禁止《きんし》されているわたしですが、アイススケートだけはゆるされていて、とても得意《とくい》なんです。

おひろめ行事《ぎょうじ》では、８の字《じ》ですべったり、ターンし

Family
わたしの家族
過保護な父と
なくなった母
(形見のスノークオーツを
いつも身につけて
いるの)

スキなたべもの Best Food
ホットチョコレート
大人味の
チェリーケーキ

たり、スピンをしてみせたり……すごく楽《たの》しくて、中《なか》でも『ティアラ会《かい》』の〝仲《なか》間《ま》〟とみんなで手《て》をつないですべった感動《かんどう》は、忘《わす》れられません。

そのあと、父《ちち》との心《こころ》のきょりがちぢまったのも、〝仲間《なかま》〟に相談《そうだん》にのってもらったり、ふぶきの森《もり》での冒険《ぼうけん》につきあってもらったおかげだと思《おも》っています。

今《いま》までみえていなかった父《ちち》の〝心《こころ》の真実《しんじつ》〟を知《し》り、きびしい態度《たいど》のうらにある、不器用《ぶきよう》な愛情《あいじょう》を知《し》った今《いま》は、おだやかな気持《きも》ちで毎日《まいにち》をすごしています。

父《ちち》のゆるしをえて、部屋《へや》でかわいい子《こ》ネコたちとくらせるようにもなりました。

今度《こんど》はわたしが『ティアラ会《かい》』のみんなの役《やく》に立《た》つ番《ばん》、そう思《おも》っています！

My Hobby
スキなこと
お城をにぎやかにデコレーションすること。星や雪の結晶のライトをまどべにかざると、すてきなの
Best3 ベストスリー！
テーマ
おてんばネコ、ミンキードタバタげき
1
大広間のテーブルの上にのってお皿やナプキンをガチャン！！！
2
父のスリッパをがぶり！
3
つみあげた植木ばちにのぼってぐらり！
LOVE
スキなタイプ
真夜中のパーティーにさそってくださる王子さま

わたしが主人公《しゅじんこう》の巻《かん》は、これ！
「雪《ゆき》ふる森《もり》のお守《まも》りジュエル」

ルル姫《ひめ》

（ウンダラ王国《おうこく》）

小指《こゆび》の
ジュエル
イエロートパーズ

よくおどろかれるんだけど、わたし、ドレスのままで宙《ちゅう》がえりができます！

とくに、空中《くうちゅう》でくるくるっと二回《にかい》まわる、二回転宙《にかいてんちゅう》がえりが大得意《だいとくい》。

お城《しろ》には、わたしせんようのジムもあって、平均台《へいきんだい》や鉄《てつ》ぼうができるんです。

ジムは、ちいさいころから体《からだ》を動《うご》かすのが大《だい》、大《だい》、大好《だいす》きだったわたしのため

わたしって、こんな女の子！
運動が得意
はずかしがり
おしとやか

← ロープでスイングして
遠くへとぶトレーニング！

に、父《ちち》と母《はは》が特別《とくべつ》につくってくれた、お気《き》に入《い》りの場所《ばしょ》です。

最近《さいきん》、夢中《むちゅう》になっているのは、お城《しろ》の庭《にわ》にある木《き》にのぼってすごすこと。

高《たか》いところは、お日《ひ》さまや青空《あおぞら》に近《ちか》づけるし、風《かぜ》が気持《きも》ちいいからね。

ずうっと向《む》こうにいる動物《どうぶつ》たちの、お昼《ひる》ねしているところやじゃれあってあそんでいる様子《ようす》もみられて、わくわくします。

運動《うんどう》が得意《とくい》だなんて、王女《おうじょ》さまらしくないっていわれることも多《おお》いけど、『ティアラ会《かい》』では、この運動神経《うんどうしんけい》が役《やく》に立《た》つこともあるんですよ。

木《き》の上《うえ》にかくれて敵《てき》の行動《こうどう》をみはったり、ロープでがけをおりて、危険《きけん》なめにあっている動物《どうぶつ》を守《まも》ったり……ね？　すごくだいじでしょう？

となりにいるのが、わたしの母。
ドレスチェックをしてくれています。
こうみえて、おこるとこわいのよ…
←

わたしね、よく〝仲間《なかま》〟からは「思《おも》っていることが顔《かお》に出《で》ていてわかりやすい」っていわれます。

なんでも全力《ぜんりょく》でやりたいタイプだから、つい、人《ひと》まえでも本気《ほんき》でおこったり泣《な》いたりしてしまうの。

父《ちち》や母《はは》からは、もう少《すこ》し王女《おうじょ》らしく落《お》ちついて、おしとやかにしなさい、と注意《ちゅうい》されてしまうのだけど……。

でもね、王女《おうじょ》だからって、いやなことをされてもだまっているとか、だれかが解決《かいけつ》してくれるのを待《ま》っているだけ、なんて、いやなんです。

女《おんな》の子《こ》でも、男《おとこ》の子《こ》や大人《おとな》にたよらずに、自分《じぶん》の力《ちから》で、なんでもできるようになりたいの！

My Boom《マイブーム》
お城のまわりをドライブ！
ライオンやゾウやシマウマ
に会えるんだよ～

Weak-Point《ニガテなこと》
じーっとしていること
すぐ動きたくなって
しまうの

『ティアラ会《かい》』の〝仲間《なかま》〟は全員《ぜんいん》、かくしごとをしないし、自分《じぶん》の気持《きも》ちをまっすぐにつたえあうことができるから、いっしょにいてすごく心地《ここち》よいです。

意見《いけん》がぶつかることがあっても、気《き》づけばちゃんと仲《なか》なおりしているわ。

今《いま》まで、いろんな国《くに》で冒険《ぼうけん》をしてきたけれど、次《つぎ》はみなさんに、わたしの国《くに》へきてほしいなと思《おも》っています。

わたしの国《くに》には〝かがやく岩《いわ》〟とよばれる不思議《ふしぎ》な山《やま》があって、月《つき》のきれいな夜《よる》になると、なぜか、山全体《やまぜんたい》が白《しろ》くかがやきだすといううわさなの。

みなさんと〝かがやく岩《いわ》〟のなぞをつきとめたいな～。


わたしの◎◎じまん！

（ドレス！）


いろんなタイプのショート丈のドレスを持っています！

あと、ジム用に金色のレオタードも持っているの

チャームポイント Best Feature

ライオンみたいな ひとみ！

Yes・Noに○をつけてね

さびしがり？	(Yes)・No
こわがり？	Yes・(No)
なみだもろい？	Yes・(No)
きょうだいがいる？	Yes・(No)

ジャミンタ姫《ひめ》

（オニカ王国《おうこく》）

しゅみは、ジュエル（宝石《ほうせき》）をつくること。

生《う》まれ育《そだ》ったオニカ王国《おうこく》は、川《かわ》や山《やま》のあちこちに、ジュエルのもとになる材料《ざいりょう》の〝原石《げんせき》〟がねむっていて、ジュエルをつくれる人《ひと》も大勢《おおぜい》います。

わたしも、ちいさいころからジュエルづくりに夢中《むちゅう》で、先生《せんせい》のところへ通《かよ》っては、やりかたを習《なら》ってきました。

小指《こゆび》のジュエル

エメラルド

わたしって、こんな女の子！
運動が得意
はずかしがり
おしとやか

ブラシやチーゼル、ルーペ…
魔法のジュエルをつくる道具たち
←

小指《こゆび》のジュエルや冒険《ぼうけん》のジュエルをつくるうちに気《き》づいたのですが、どんなジュエルも、かならず魔法《まほう》のパワーをひめていて、正《ただ》しい人《ひと》が正《ただ》しい方法《ほうほう》を使《つか》えば、魔法《まほう》をめざめさせることができるんです。

これは、先生《せんせい》も知《し》らない、『ティアラ会《かい》』だけのひみつなのよ。

わたしが今《いま》までつくった魔法《まほう》のジュエルは、暗《くら》やみで光《ひか》るエメラルドや、危険《きけん》なものに近《ちか》づくと知《し》らせてくれるダイヤモンドなど。

ジュエルって、最初《さいしょ》から美《うつく》しいわけではないの。

ふつうの石《いし》にみえる〝原石《げんせき》〟を、じっくり時間《じかん》をかけてみがきあげると、だんだん美《うつく》しさを発《はっ》揮《き》するのが、おもしろいのよ。

↑たくさんの冒険で
魔法のジュエルが
活やくしてきました

わたしは『ティアラ会《かい》』の〝仲間《なかま》〟に出会《であ》うまでは、大好《だいす》きなジュエルづくりができさえすれば、満足《まんぞく》だったんです。

でも、〝仲間《なかま》〟ができてからは、自分《じぶん》の得意《とくい》なことが、みんなの役《やく》に立《た》つって、すごくうれしいと知《し》りました。

『ティアラ会《かい》』の活動《かつどう》をはじめて、たくさんの魔法《まほう》をみつけ、ますます、ジュエルづくりが好《す》きになったの。


今《いま》は国《くに》の技術《ぎじゅつ》を、とてもほこりに思《おも》っています。

オニカ王国《おうこく》は「冒険《ぼうけん》の国《くに》」とよばれていて、神秘《しんぴ》的《てき》なむらさき色《いろ》の山《やま》やまや、国《くに》の中心《ちゅうしん》を流《なが》れるシルバーリバーという川《かわ》に、強《つよ》い魔法《まほう》のパワーがねむっているという伝説《でんせつ》もあるんですよ。

Family
わたしの家族
もうすぐ90才をむかえる、祖父がいます
国の皇帝なのよ

My Hobby
スキなこと
研究や、実験をすること
調べものをすること

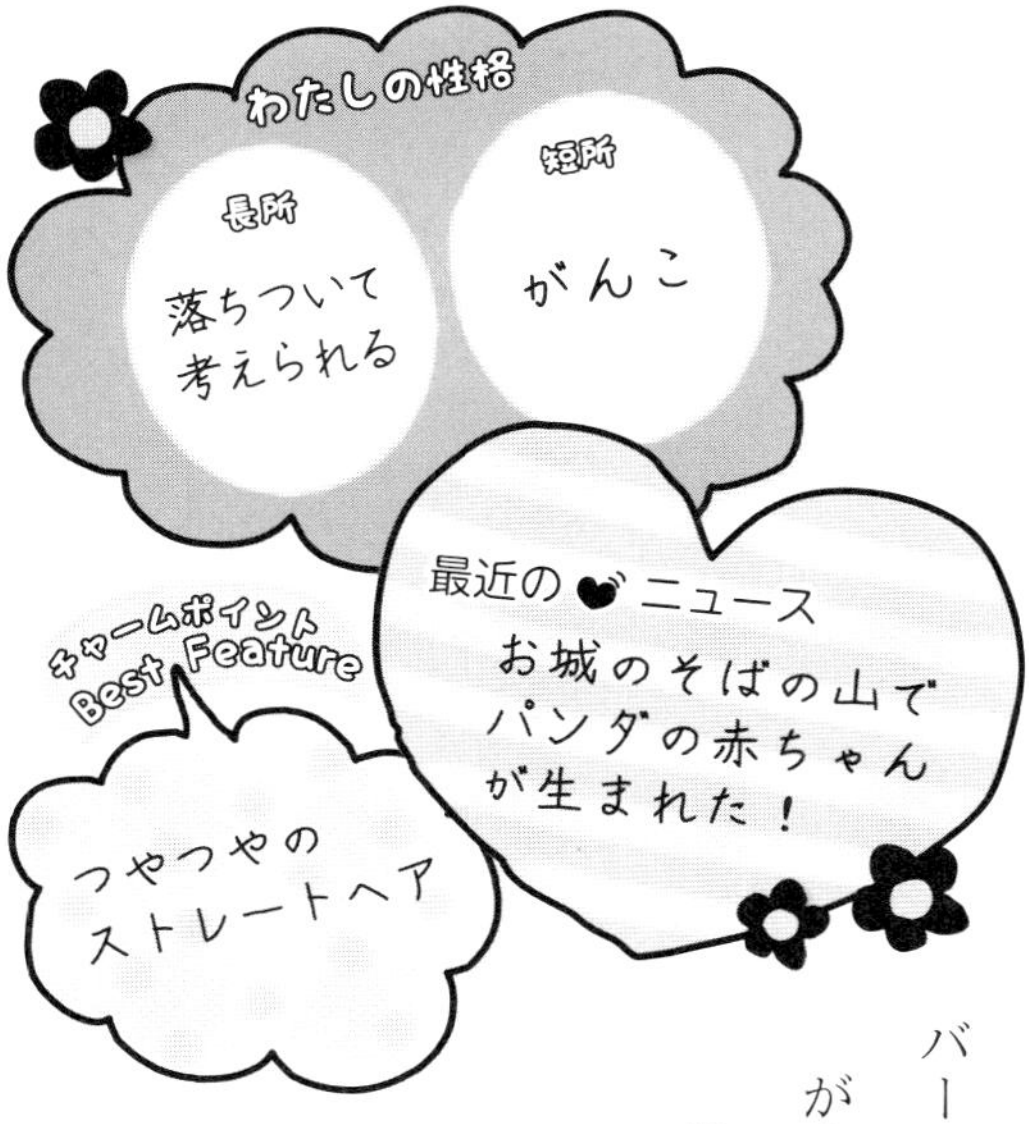

わたしが一年《いちねん》でいちばん楽《たの》しみなのは、皇帝《こうてい》である、祖父《そふ》の誕生日《たんじょうび》。世界《せかい》じゅうの王族《おうぞく》たちをご招待《しょうたい》して、せいだいなパーティーをひらくんです。花火《はなび》をあげたり、十二段《じゅうにだん》のケーキをいただいたり……とてもはなやかなの。次《つぎ》のパーティーには、みなさんにもきてもらいたいな。

わたしね、『ティアラ会《かい》』もジュエルのように、メンバーの力《ちから》で少《すこ》しずつみがかれてこそ、きらきらかがやくたからものになっていくと思《おも》うんです。

世界《せかい》には、まだまだ、わたしの知《し》らない魔法《まほう》のジュエルがかくれているはず。

たくさんの冒険《ぼうけん》をつづけて、もっとすてきなジュエルの魔法《まほう》を発見《はっけん》したいな。

Princess
of
Tiara

アリーの王女《おうじょ》さま診断《しんだん》

わたくしはお城《しろ》ではたらく、アリー。ひと休《やす》みして、心理《しんり》ゲームを楽《たの》しみませんか。舞踏会《ぶとうかい》へいく気分《きぶん》でおこたえください。

スタート！

1

きょうは、舞踏会《ぶとうかい》の本番《ほんばん》です。夕《ゆう》べは、ベッドに入《はい》ってからよくねむれましたか？

きんちょうで、あまり ➡ 4へ

ぐっすりねむれたわ！ ➡ 2へ

2

おしたくしましょう。舞踏《ぶとう》会用《かいよう》のドレスに着《き》がえます。どちらがお好《この》みですか？

ロング丈《たけ》のドレス ➡ 3へ

ショート丈《たけ》のドレス ➡ 6へ

3

次《つぎ》は、ティアラでございます。きょうは、どちらにいたしましょう？

かがやくゴールド ➡ 6へ

きらめくシルバー ➡ 9へ

4

パートナーの動物《どうぶつ》をつれていくとしたら、どちらの子《こ》になさいますか？

ネコ ➡ 7へ

鳥《とり》 ➡ 5へ

5

舞踏会《ぶとうかい》のリハーサルちゅう、お友《とも》だちに話《はな》しかけられたら、どうなさいます？

ひそひそ声《ごえ》でおしゃべり ➡ 9へ

「あとでね」とことわる ➡ 8へ

6

お食事《しょくじ》のお部屋《へや》に通《とお》されて、まず最初《さいしょ》にごらんになるのは、どちらですか？

おいしそうなごちそう！ ➡ 10へ

どなたのおとなりかしら ➡ 7へ

7

舞踏会本番《ぶとうかいほんばん》ちゅう、うっかり、だいじなごあいさつをまちがえてしまったら？

ショックをひきずる ➡ 10へ

すぐに立《た》ちなおるわ！ ➡ 11へ

お食事《しょくじ》のとき、テーブルの

お食事《しょくじ》で、いちばんにが手《て》

王女《おうじょ》さまのグループで出《だ》し

サマー姫《ひめ》タイプ

個性的《こせいてき》でおしゃれな王女《おうじょ》さまですね。自分《じぶん》だけの意《い》見《けん》や考《かんが》えをしっかり持《も》っていて、人《ひと》に左《さ》右《ゆう》されません。りんとした、かっこいい女《おんな》の子《こ》です。

アミーナ姫《ひめ》タイプ

えんりょがちで、がまん強《づよ》い王女《おうじょ》さまです。けんかがきらいで、おだやか。自《じ》分《ぶん》の意見《いけん》をつたえるのは、にが手《て》ですが、想像力《そうぞうりょく》があって思《おも》いやりの心《こころ》を持《も》っています。

エラ姫《ひめ》タイプ

マイペースで、おっとりした王女《おうじょ》さまですね。かなり天然《てんねん》で、あまえんぼうですが、みんなが世話《せわ》をやいてあげたくなるような、かわいらしいみりょくのあるかたです。

イザベラ姫《ひめ》タイプ

ほがらかで、だれとでもすぐに親《した》しくなれる王《おう》女《じょ》さまです。あわてんぼうなところもありますが、ユニークなアイディアをたくさん出《だ》せるかたです。

フレイア姫《ひめ》タイプ

じゅんすいな心《こころ》の王女《おうじょ》さまです。いつも夢《ゆめ》みがちで、ちいさなしあわせを大切《たいせつ》にします。お部屋《へや》のかざりつけや、くふうをこらすのが得意《とくい》です。

ロザリンド姫《ひめ》タイプ

深《ふか》く考《かんが》えるのが得意《とくい》な王女《おうじょ》さま。いつでも自《じ》分《ぶん》の気持《きも》ちに正直《しょうじき》で、思《おも》ったことは、かくさずにつたえる強《つよ》さを持《も》っています。うらおもてのない女《おんな》の子《こ》です。

しっか
る王女《おうじょ》
つこつ
お好《す》き
きがん
すが、

積極的で、行動力も
ばつぐんです！

はずか
女《じょ》さま
ため、
れてい
になつ
いると

あなたは、どんな王女《おうじょ》さま？

各《かく》マークの診断《しんだん》をごらんください。
タイプがにている王女《おうじょ》さまがわかります。

ナッティ姫《ひめ》タイプ

明《あか》るく前向《まえむ》きな王女《おうじょ》さまです。冒険心《ぼうけんしん》にあふれ、だいたん。細《こま》かいことは、あまり気《き》にしません。お友《とも》だちのために行動《こうどう》できる勇気《ゆうき》があります。

ユリア姫《ひめ》タイプ

みんなをまとめることが得意《とくい》な、リーダータイプの王女《おうじょ》さま。正義感《せいぎかん》が強《つよ》く、まじめです。プレッシャーを感《かん》じることがあっても、目標《もくひょう》のために努力《どりょく》をつづけます。

クララベル姫《ひめ》タイプ

内気《うちき》で、心《こころ》のやさしい王女《おうじょ》さまですね。こまっている人《ひと》をほうっておけません。だれかのためなら、にが手《て》なことに立《た》ちむかえる強《つよ》さも。

ジャスミン姫《ひめ》タイプ

りもので、たよれさま。ひとりでこ作業《さぎょう》をするのが、なようですね。ときどこになることもありましんの強《つよ》い女《おんな》の子《こ》です。

ルル姫《ひめ》タイプ

思《おも》ったことが顔《かお》に出《で》てしまう、すなおでまっすぐな王女《おうじょ》さまです。負《ま》けずぎらいで気《き》が強《つよ》く、ものおじしません。いつも

マヤ姫《ひめ》タイプ

がりで、おとなしい王《おう》正直《しょうじき》でうそをつかないまわりの人《ひと》から信《しん》らいさます。ちいさい子《こ》や動物《どうぶつ》れやすく、いっしょに安心《あんしん》できるかたです。

上にかざられているお花は
なんでしょう?

はなやかなバラの花《はな》 ↓ 12へ

かれんなユリの花《はな》 ↓ 9へ

な料理が出てしまいまし
た。どうなさいますか?

がまんしていただくわ ↓ 12へ

さりげなく、残《のこ》すわ ↓ 13へ

ものをひろうことにな
りました。あなたは……?

どんどん意見《いけん》をいう! ↓ へ

ほかの人《ひと》におまかせ ↓ 14へ

11

外《そと》は、いい天気《てんき》。広《ひろ》いお庭《にわ》へお散歩《さんぽ》に出《で》かけましょう。だれかさそいますか?

お友《とも》だちを、さそうわ ↓ へ

ひとりでいきたいな ↓ 15へ

12

ダンスをおどるとき、王子《おうじ》さまと、手《て》をつなぐことになりました。気分《きぶん》は……?

うれしくてドキドキ ↓ 16へ

うわ、はずかしい ↓ へ

13

王女《おうじょ》さまとして、国《くに》の伝統《でんとう》やお作法《さほう》をしっかり学《まな》びたいと思《おも》いますか?

学《まな》びたい! ↓ へ

興味《きょうみ》ないわ ↓ 17へ

14

パレードの馬車《ばしゃ》が、道《みち》をまちがえてしまったようです。どうなさいますか?

もとの道《みち》へもどる ↓ へ

このままいってみよう ↓ へ

15

お城《しろ》のパレードで、町《まち》の人《ひと》に、おかしをくばります。おいしそうですが……?

こっそり食《た》べてみる ↓ へ

全部《ぜんぶ》くばる ↓ へ

16

お友《とも》だちができました。その王女《おうじょ》さまに、何《なに》かプレゼントをおくるとしたら?

おかしにしましょう ↓ へ

お花《はな》にするわ ↓ へ

17

楽《たの》しい舞踏会《ぶとうかい》も、残《のこ》りわずか。もうすぐ、自分《じぶん》のお城《しろ》へもどるお時間《じかん》です。

帰《かえ》りじたくしないと ↓ へ

あと少《すこ》しあそびたいの ↓ へ

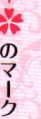

← うら面《めん》の のマークの診断《しんだん》をごらんください。

次《つぎ》は
わたしたちの
番《ばん》よ！

年《どし》の仲間《なかま》です

ぬこうとがんばる思《おも》いは、いっしょだよ。

ダルビア王国《おうこく》の
ロザリンド姫《ひめ》

カマラ王国《おうこく》の
アミーナ姫《ひめ》

リッディングランド王国《おうこく》の
ナッティ姫《ひめ》

わたしたち おない

性格《せいかく》や、すんでいるところはいろいろだけど、正《ただ》しいことを

ベラチナ王国《おうこく》の
イザベラ姫《ひめ》

バラス島《とう》の
エラ姫《ひめ》

ミラニア王国《おうこく》の
サマー姫《ひめ》

レパリ王国《おうこく》
マヤ姫《ひめ》

次《つぎ》のページから ひとりずつ自分《じぶん》のことをお話《はな》ししていきます

ナッティ姫《ひめ》

（リッディングランド王国《おうこく》）

小指《こゆび》の
ジュエル
ルビー

まず、わたしから自《じ》己《こ》しょうかいするね！
ユリアの妹《いもうと》です。
馬《うま》とあそぶのが大好《だいす》きで、お城《しろ》では、ストロベリーという名前《なまえ》の子馬《こうま》を育《そだ》てているよ。
体《からだ》を動《うご》かすことや、新《あたら》しいことにちょうせんするのも大好《だいす》き。
フレイア姫《ひめ》のすむノーザンランド王国《おうこく》をおとずれて、森《もり》のスケートリンクです

わたしって、こんな女の子！

運動が得意 ♥♥♥♥♥
はずかしがり ♥♡♡♡♡
おしとやか ♥♡♡♡♡

←おじぎは、ひざを深く曲げてするのが相手への敬意なんだけど、むずかしいんだ…

べったときは、とってもおもしろかったです。

わたし、スケートははじめてだったけど、フレイア姫《ひめ》のまねをしているうちに、スピンができるようになったんだよ。

ミラニア王国《おうこく》へいったときには、サマー姫《ひめ》のたからものの、オパールのネックレスをとりもどすため、夜《よる》の小川《おがわ》をロープでビュ〜ンととびこえたこともありました。

にが手《て》なのは……おしとやかにすること。

王女《おうじょ》として、ほかの国《くに》のかたがたに失礼《しつれい》のないようにと、母《はは》によく注意《ちゅうい》されるんだけど、ひざを曲《ま》げるおじぎさえ、まだあまりじょうずにできなくて、練習《れんしゅう》がいっぱい必要《ひつよう》なんだ。

← 子犬も大好き！　タルドニア島の赤レンガの館にいたパッチ、かわいかったなあ～

なやみはね……なんといっても、これ。

妹《いもうと》だからって、いつも子《こ》どもあつかいされてしまうこと。

自分《じぶん》ではなんでもふつうにこなせていると思《おも》うんだけど、姉《あね》や、おつきの女性《じょせい》のアリーには「考《かんが》えるより先《さき》につきすすんでしまうから」とか「あわててもいいことはない」とか、注意《ちゅうい》されてしまうことが多《おお》くて、いやになっちゃうよ。

それから……ロザリンド姫《ひめ》とのこともきいてね。

おたがいに、なんでもはっきりいう性格《せいかく》どうしだからかなあ……意見《いけん》がぶつかることがあります。

タルドニア島《とう》の赤《あか》レンガの館《やかた》では、子犬《こいぬ》のパッチとすごしたいわたしと、なぞときをして館《やかた》を探《たん》

My Favorite

スキな時間

馬をブラッシングしてあげているときが最高だよー！

BAD…

ニガテなタイプ

パーティーで口げんかする人！と思っていたけどロザリンド姫と仲よくなれたし、にが手なタイプはいないのかも～！

My Hobby
スキなこと
ダンス！
音楽をきくこと

チャームポイント
Best Feature
くるくるヘア
姉とおそろい
なの！

Yes・Noに○をつけてね
さびしがり？ Yes・No
こわがり？ Yes・No
なみだもろい？ Yes・No
きょうだいがいる？ Yes・No

検《けん》したいロザリンド姫《ひめ》とで意見《いけん》がぶつかって、いいあいになってしまったの。

でもね、けんかではないから、心配《しんぱい》しないで。

ほんとうの気持《きも》ちをはっきりつたえあうたびに、どんどん友情《ゆうじょう》が深《ふか》まっていっているって、ふたりとも感《かん》じているから！

相手《あいて》ががんばるなら、自分《じぶん》も負《ま》けないようにもっとがんばる……そんなライバルどうしの、すてきな関係《かんけい》がつくれたのも『ティアラ会《かい》』のおかげだと思《おも》っているよ。

これからも、わたしがこの会《かい》をひっぱっていくつもりで、もりあげるので、どうぞよろしくね！

ロザリンド姫《ひめ》

（ダルビア王国《おうこく》）

なぞときや、ひみつの暗号《あんごう》のことなら、わたしにまかせて！

ミステリーや、すいり小説《しょうせつ》が大好《だいす》きで、自分《じぶん》のお城《しろ》でもよく読《よ》んでいるの。

今《いま》、いちばん夢中《むちゅう》になっているのは『ひみつの書《しょ》』。

赤《あか》レンガの館《やかた》でみつけた古《ふる》い本《ほん》で、冒険《ぼうけん》に役立《やくだ》つ知識《ちしき》が書《か》かれています。

小指《こゆび》の
ジュエル
サファイア

わたしって、こんな女の子！
運動が得意
はずかしがり
おしとやか

← 読書が好き。
たくさんの本をみると
わくわくしちゃう！

まるでニンジャみたいなことができるようになる、不思議《ふしぎ》な本《ほん》なんですよ。

わたしね、まえにナッティ姫《ひめ》のおつきの女性《じょせい》のアリーに、おとぎの世界《せかい》のどこかに『ひみつの書《しょ》』がかくされている、ってきいてから、ずっとさがしたいと思《おも》っていたんです……『ティアラ会《かい》』にはこの本《ほん》が絶対必要《ぜったいひつよう》！ ひみつの冒険《ぼうけん》にも使《つか》えるにちがいないってね！

アミーナ姫《ひめ》のお城《しろ》をおとずれたときも、結婚《けっこん》セレモニーのあとのパーティーをぬけだして、おおきな図書室《としょしつ》で本《ほん》をさがしていました。

でも、『ティアラ会《かい》』の〝仲間《なかま》〟は、この本《ほん》にあまり興味《きょうみ》がなかったみたいで……考《かんが》えをおしつけがちなところが、わたしの欠点《けってん》です。

← 赤レンガの館をさがすきっかけになった銀色ペンダントと、ちいさなカギ

　赤《あか》レンガの館《やかた》で赤《あか》ちゃん犬《いぬ》のパッチとあそんでいたときも、ナッティ姫《ひめ》たちと気《き》まずいムードになってしまって。ボール投《な》げをしていたら、イザベラ姫《ひめ》が、ちいさな失敗《しっぱい》をして、赤《あか》ちゃん犬《いぬ》をおびえさせてしまったのよ。

　わざとじゃないのは、もちろんわかっていたけれど……、イザベラ姫《ひめ》は不注意《ふちゅうい》な失敗《しっぱい》をよくくりかえすし、うっかりを重《かさ》ねて赤《あか》ちゃん犬《いぬ》がけがをするまえに注意《ちゅうい》しなくては、と思《おも》いました。

　でもね、わたしのいいかたがきつかったせいで、イザベラ姫《ひめ》が泣《な》いてしまって……〝仲間《なかま》〟や動物《どうぶつ》のためを思《おも》って、正《ただ》しいことをいったつもりなのに、きずつけてしまったんです。

　ナッティ姫《ひめ》にはしかられ、アミーナ姫《ひめ》も、イザベラ姫《ひめ》をはげ

わたしの性格

長所
自分の気持ちにまっすぐ

短所
はっきりいいすぎる……

BAD…
ニガテなタイプ
話を最後まできかない人！

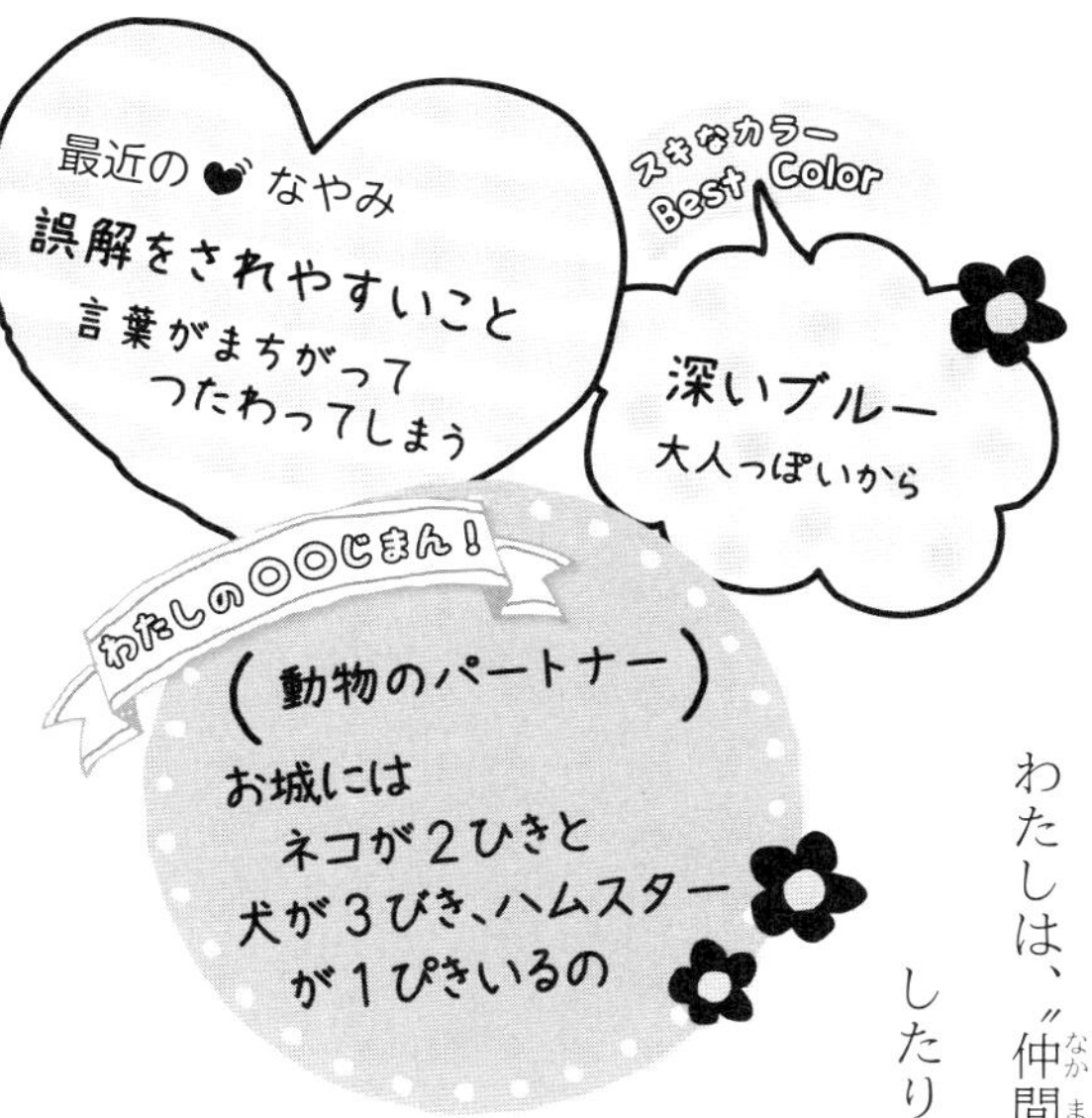
最近の なやみ
誤解をされやすいこと
言葉がまちがって
つたわってしまう
スキなカラー
Best Color
深いブルー
大人っぽいから
わたしの◯◯じまん！
（動物のパートナー）
お城には
ネコが２ひきと
犬が３びき、ハムスター
が１ぴきいるの

ましにいってしまい……わたしはひとりに。

なんでこうなっちゃったんだろう？　って、自分《じぶん》が悲《かな》しくなったとき、アミーナ姫《ひめ》が「ロザリンド姫《ひめ》がいないと、たりない感《かん》じ」って、いってくれて、そのおかげで、〝仲間《なかま》〟の輪《わ》にもどるきっかけができました。

わたしは、〝仲間《なかま》〟とは、いいたいことをのみこんだり、かくしたりせずに、気持《きも》ちをぶつけあってもいいと思《おも》う。

ぶつかることの先《さき》には、心《こころ》と心《こころ》が通《つう》じあう結《けっ》果《か》が待《ま》っている、と信《しん》じています。

でも、これからは……なるべく相手《あいて》をきずつけない、じょうずなつたえかたをおぼえよう……それを目標《もくひょう》にします！

わたしが主人公《しゅじんこう》の巻《かん》は、これ！
「銀色《ぎんいろ》ペンダントのひみつ」

エラ姫《ひめ》

（バラス島《とう》）

エラは、父《ちち》と母《はは》と三人《さんにん》でくらしてきた、ひとりっ子《こ》です。

ほんとうはね、ペトロネラという名前《なまえ》なんだけど、長《なが》いから短《みじか》くして「エラ」とよばれているの。

みなさんにもそうよんでいただけたら、うれしいです。

のんびりした時間《じかん》の流《なが》れるバラス島《とう》で育《そだ》ったからか、マイペースな父《ちち》に似《に》たの

小指《こゆび》のジュエル

イエローダイヤモンド

わたしって、こんな女の子！
運動が得意
はずかしがり
おしとやか

学園がどんなにすばらしいところか
↓ 母が語ってくれたけど、心細くて……

か……エラの行動《こうどう》はね、人《ひと》よりおっとりした、ゆっくりなペースみたい。

島《しま》にいたころは意識《いしき》していなかったんだけど、親《おや》もとをはなれ、王女《おうじょ》さまの学《がく》園《えん》、ロイヤル・アカデミーへ入学《にゅうがく》して、ほかの国《くに》の王女《おうじょ》さまといっしょに、授業《じゅぎょう》をうけたり、寮《りょう》をおそうじしたりする生活《せいかつ》の中《なか》で……何《なに》をするにも、人《ひと》よりおくれていることに気《き》づいたの。

考《かんが》えてみたら、それまでは王妃《おうひ》である母《はは》になんでもやってもらい、まかせきりでした。

学園《がくえん》に向《む》かう車《くるま》にのっていたとき、エラの顔色《かおいろ》がわるいことに気《き》づいたのも母《はは》、入《にゅう》学《がく》の準備《じゅんび》をはりきっていたのも母《はは》でした。

↓ 赤ちゃんウサギのメルメルのお世話をして
少しは“責任感”が身についたかな

でも、ロイヤル・アカデミーでは、自分《じぶん》のことは自分《じぶん》で考《かんが》えて行動《こうどう》するのが、あたりまえ。

おなじお部屋《へや》でくらすロザリンド姫《ひめ》、ナッティ姫《ひめ》、サマー姫《ひめ》は、みんなしっかりしていて、すでに仲《なか》よしにみえました。

その〝お友《とも》だちの輪《わ》〟に、自分《じぶん》もなじめるか、不安《ふあん》だったわ。

エラはね、心《こころ》で思《おも》ったことを口《くち》にするまで、時間《じかん》がかかってしまうし、うまく話《はな》せるかなって。

でも、今《いま》はみんなと〝仲間《なかま》〟になれてよかった！

授業《じゅぎょう》は、どれも大好《だいす》きです。

音楽《おんがく》、美術《びじゅつ》、科学《かがく》の実験《じっけん》……どの先生《せんせい》もいいかたよ。

スピードがはやくて、ついていくのにせいいっぱい

スキなどうぶつ
Best Animal
子犬（自分の国でかってるの♪）＆
もちろんウサギ

My Boom
マイブーム
両親にお手紙を書くこと

Best3《ベストスリー！》

テーマ（ロイヤル・アカデミーのお気に入りスポット♪）

1 玉座の間のひみつの小部屋

2 メルメルたちのいる動物小屋

3 ナッティ姫といっしょの二段ベッド♪

BAD…《ニガテなタイプ》

（エグリー先生のような）きついいいかたの人…

Weak Point《ニガテなこと》

ぼんやりしないこと
てきぱき動くこと

だけどね、ふうっ……。

入学《にゅうがく》してすぐは、失敗《しっぱい》もたくさんしました。

わざとじゃないけど、きびしい上級生《じょうきゅうせい》にぶつかってころばせてしまったり、つめがきたなくて先生《せんせい》にしかられたり、校則違反《こうそくいはん》なのに、赤《あか》ちゃんウサギのメルメルをうっかり校舎《こうしゃ》へつれこんでしまったり、ひみつの小部屋《こべや》のドアをしめわすれたり……この調子《ちょうし》だと、失敗《しっぱい》はこれからもあるかもしれないけど、自分《じぶん》の力《ちから》でばんかいすることに、全力《ぜんりょく》をつくします！

みんなとペースをあわせられるようになるためにも、自分《じぶん》の行動《こうどう》に責任《せきにん》を持《も》てる王女《おうじょ》になるためにも、ね！

わたしが主人公《しゅじんこう》の巻《かん》は、これ！
「内気《うちき》なティアラの新学期《しんがっき》」

サマー姫《ひめ》

（ミラニア王国《おうこく》）

今《いま》、夢《む》中《ちゅう》なのは、
おしゃれをすること。
真《ま》っ赤《か》なチェリー
色《いろ》が大《だい》好《す》きで、すそに
テープリボンがあしらわれていたり、お花《はな》をちりばめたデザインがお気《き》に入《い》りよ。
首《くび》もとにつけているのは、オパールという、ジュエルのペンダント。
わたしが生《う》まれたときに両親《りょうしん》からおくられた、大切《たいせつ》なたからものなんです。

小指《こゆび》の
ジュエル
アメジスト

わたしって、こんな女の子！
運動が得意
はずかしがり
おしとやか

このオパールには不思議《ふしぎ》な伝説《でんせつ》があって、お城《しろ》のそばを流《なが》れている〝虹《にじ》の小川《おがわ》〟の水《みず》にひたすと、魔法《まほう》のパワーがめざめるらしい、と王《おう》である父《ちち》が教《おし》えてくれました。

両親《りょうしん》はとても仲《なか》よしで、気《き》の強《つよ》い母《はは》がいくらおこっていても、おだやかな父《ちち》がなだめてくれるから、ふたりは、めったにけんかになりません。

わたしね、このごろ「こうしたい」っていう、自分《じぶん》の意見《いけん》や考《かんが》えをしっかり持《も》っているところが、母《はは》に似《に》ているねと、いわれるようになりました。

いつか大人《おとな》になったら、父《ちち》のようなやさしいかたと結婚《けっこん》できるかしら。

Memory
最近の思い出
ヘリコプターで空とぶ獣医さんがお城へやってきたの

チャームポイント Best Feature
すみれ色のひとみ

Yes・Noに○をつけてね

さびしがり？	Yes・(No)
こわがり？	Yes・(No)
なみだもろい？	(Yes)・No
きょうだいがいる？	Yes・(No)

わたしが主人公《しゅじんこう》の巻《かん》は、これ！
「誕生日《たんじょうび》のおひろめドレス」

かたにのせているのはだいじなパートナー。オウムのカンガです→

アミーナ姫《ひめ》

（カマラ王国《おうこく》）

小指《こゆび》のジュエル
エメラルド

わたしね、ちいさいころ父《ちち》と母《はは》を病気《びょうき》でなくして、今《いま》はいとこの家族《かぞく》とくらしています。

実《じつ》は……『ティアラ会《かい》』の〝仲間《なかま》〟に出会《であ》うまで、自分《じぶん》のほんとうの気持《きも》ちをうちあけられる相手《あいて》がいなくて、ずっとさびしく思《おも》っていました。

おじやおば、いとこのラニ姫《ひめ》は、みんな、とても親切《しんせつ》にしてくれていたんです。

わたしって、こんな女の子！
運動が得意
はずかしがり
おしとやか

だけどわたし、「ほんとうの家族《かぞく》じゃないから、えんりょしないと」って、気持《きも》ちをおさえこんでしまって……。

正直《しょうじき》な自分《じぶん》を、だれにもみせようとしていなかったみたい。

でもね、『ティアラ会《かい》』にさそわれて、なんでも話《はな》しあう〝仲間《なかま》〟ができて……やっと、自分《じぶん》の気持《きも》ちをつたえることが、どれだけ大切《たいせつ》なのか、気《き》づきました。

『ティアラ会《かい》』の〝仲間《なかま》〟は、わたしにとってもうひとつの家族《かぞく》みたいな存在《そんざい》。

これからは、自分《じぶん》の考《かんが》えや気持《きも》ちを、勇気《ゆうき》を出《だ》して、うちあけられる女《おんな》の子《こ》になりたいと思《おも》っています。

スキなスポーツ Best Sports
バレエダンス

My Boom
マイブーム
双眼鏡をのぞいて、お城のまわりを観察すること

わたしの性格
長所
あまりおこらない
短所
人みしり
すぐに心配してしまう

手首のタイガーズアイのブレスレットがお気に入り→

わたしが主人公《しゅじんこう》の巻《かん》は、これ！
「しあわせ色《いろ》の結婚《けっこん》セレモニー」

イザベラ姫《ひめ》

（ベラチナ王国《おうこく》）

わたしのしゅみはね、写真《しゃしん》をとること！

お城《しろ》のそばに、バナナやパイナップルや、オレンジがたくさんなっている〝トロピカル・フォレスト〟という場所《ばしょ》があって、パートナーのペトロといっしょに、よくあそびにいくんです。

小指《こゆび》の
ジュエル
イエロー
トパーズ

あ、ペトロっていうのは、お世話《せわ》しているサルの男《おとこ》の子《こ》で、赤《あか》ちゃんのとき、

わたしって、こんな女の子！
運動が得意
はずかしがり
おしとやか

まいごになっていたのをみつけ、保護《ほご》して仲《なか》よくなりました。
フォレストには、めずらしい青色《あおいろ》の蝶《ちょう》もいるんですよ！

わたしのいいところはね、おもしろいアイディアを思《おも》いつくところで、だめなところは……かなり、あわてんぼうなところです。
ちいさいころからおっちょこちょいで、とくにだいじなときにかぎって失敗《しっぱい》してしまうのが、なやみなの……。

自分《じぶん》なりに気《き》をつけてはいるんだけど……なおるかなぁ？
みなさんの足《あし》をひっぱらないようにがんばるので、仲《なか》よくしてくれたらうれしいな。

Best Feature《チャームポイント》

くり色のゆるふわカールヘア！

ヒミツの♥はなし

きおく力がいいんだ！
むかし母からきいた
伝説や神話も全部
おぼえてるよ

Best3 ベストスリー！

テーマ（おもてなしのスイーツ！）

1 チョコレートケーキ♡♡
2 バナナブレッド♡
3 パイナップルジュース！

わたしが主人公《しゅじんこう》の巻《かん》は、これ！
「たからさがしと魔法《まほう》の蝶《ちょう》」

ペトロといっしょに冒険したこともあるよ →

マヤ姫《ひめ》

（レパリ王国《おうこく》）

小指《こゆび》のジュエル

アクアマリン

最後《さいご》は、わたし。

きょうだいは、下《した》に年《とし》のはなれた、あまえんぼうな弟《おとうと》がいます。

まわりの人《ひと》から、ちいさい子《こ》や動物《どうぶつ》の赤《あか》ちゃんをあやすのがじょうずねって、いわれるけれど、きっと泣《な》いている弟《おとうと》をあやすことが多《おお》いからだと思《おも》うわ。

わたしが、すごくにが手《て》なのは……大勢《おおぜい》の人《ひと》のまえに出《で》ること。

わたしって、こんな女の子！
運動が得意
はずかしがり
おしとやか

みんながわたしに注目《ちゅうもく》している……って思《おも》うだけで、きんちょうして顔《かお》が赤《あか》くなってしまうんです。

この間《あいだ》も、百人《ひゃくにん》のお客《きゃく》さまのまえでごあいさつをしなければいけなくて……めまいがしそうでした。

国《くに》の王女《おうじょ》として、もっとしっかりしなくてはと、頭《あたま》ではわかってはいるんだけど、なかなか、むずかしいです。


でも『ティアラ会《かい》』で勇気《ゆうき》ある〝仲間《なかま》〟ができて、少《すこ》し心《こころ》が強《つよ》くなりました。

今《いま》は『ティアラ会《かい》』の王女《おうじょ》であることが、わたしのいちばんのほこりです。

どうぞ、よろしくね。

My Favorite スキな時間
馬にのって山のぼり

ヒミツの♥はなし
実は、すごく目がいいの。遠くにいる動物も、すぐみつけられるわ

Yes・Noに○をつけてね
さびしがり？ (Yes)・No
こわがり？ (Yes)・No
なみだもろい？ Yes・(No)
きょうだいがいる？ (Yes)・No

動物たちとはすぐに仲よくなれるんです →

わたしたちがお話《はなし》に登場《とうじょう》している巻《かん》

↓　1〜8巻《かん》のうち、だれがどの巻《かん》で活《かつ》やくしているか、ひと目《め》でわかります。

	⑧	⑦	⑥	⑤	④	③	②	①
ユリア	●		●		●			● 主役よ♡
クララベル	●		●		● 主役よ♡			●
フレイア	●		● 主役よ♡					
ルル	●		●		●			●
ジャミンタ	●		●		●			●
ナッティ	♥	♥	♥	♥		♥	♥	
ロザリンド	●	●		●		●	● 主役よ♡	
エラ	● 主役よ♡							
サマー	●			● 主役よ♡				
アミーナ		● 主役よ♡				●	●	
イザベラ		●				● 主役よ♡	●	
マヤ				●				

これまでの活動《かつどう》を
ご報告《ほうこく》します！

ティアラ会《かい》のできごとを
結成《けっせい》から順番《じゅんばん》に
ごらんください。

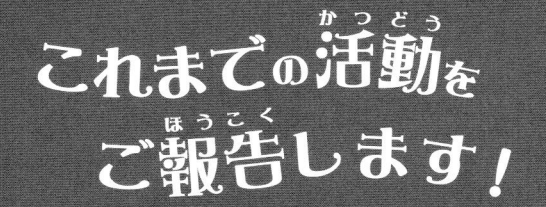

のりこえてきました

スタート！

1年《ねん》め

1
春《はる》の大舞踏会《だいぶとうかい》で『ティアラ会《かい》』を結成《けっせい》

2
あらしの海《うみ》で赤《あか》ちゃんイルカをすくう

ルル姫《ひめ》のお城《しろ》でおとまり会《かい》をする

冒険《ぼうけん》の国《くに》で不思議《ふしぎ》なクリスタルに出会《であ》う

3
雪《ゆき》の森《もり》でお守《まも》りジュエルをめざめさせる

3年《ねん》め

4
ナッティ姫《ひめ》が『ティアラ会《かい》』のひみつを知《し》り、仲間入《なかまい》り！

たくさんのできごとを

5
暗号《あんごう》をとき、伝説《でんせつ》のたからものを守《まも》る

6
お城《しろ》の結婚《けっこん》セレモニーを成功《せいこう》させる

7
赤《あか》レンガの館《やかた》で『ひみつの書《しょ》』を発見《はっけん》

春《はる》のお祭《まつ》りでマヤ姫《ひめ》とサマー姫《ひめ》がメンバーに

8
伝統《でんとう》のしきたりを新《あたら》しくぬりかえる

5年《ねん》め

9
ロイヤル・アカデミーでエラ姫《ひめ》やナッティ姫世代《ひめせだい》の新学期《しんがっき》がはじまる

← 次《つぎ》のページから できごと順《じゅん》に くわしくレポートしていきます

春《はる》の大舞踏会《だいぶとうかい》で『ティアラ会《かい》』結成《けっせい》

1＊ミストバーグ城《じょう》の大舞踏会《だいぶとうかい》

『ティアラ会《かい》』結成《けっせい》のきっかけは、春《はる》の大舞踏会《だいぶとうかい》でした。大舞踏《だいぶとう》会《かい》は、世界《せかい》じゅうの王《おう》さまや王妃《おうひ》さまが集《あつ》まり、ダンスをしたりお食事《しょくじ》をしたりする行事《ぎょうじ》です。あの年《とし》は、リッディングランド王《おう》国《こく》の王女《おうじょ》として、ひとりひとりにごあいさつをすることになっていたので、きんちょうして向《む》かったのをおぼえています。

2＊おない年《どし》の王女《おうじょ》さま

お城《しろ》のドレスメイクルームで、はじめてルル姫《ひめ》、クララベル姫《ひめ》、ジャミンタ姫《ひめ》と出会《であ》いました。お友《とも》だちになれたらな、と思《おも》いました。

3＊はじめてのおしゃべり

その夜《よる》のこと。お庭《にわ》にあったアスレチックであそびたくなって、こっそりお城《しろ》をぬけだしたら……3人《にん》もそれぞれ、おなじことを考《かんが》えていてばったり！すごいぐうぜんでした。わたしたち、おたがいの自己《じこ》しょうかいの話《はなし》でもりあがりました。すると、森《もり》のほうから悲《かな》しいなき声《ごえ》がきこえてきたんです。

4 ＊ 森《もり》でみつけた シカの赤《あか》ちゃん

なき声《ごえ》の正体《しょうたい》は、わなにかかったシカの赤《あか》ちゃんでした。わたしたちは、赤《あか》ちゃんをわなからはずし、お城《しろ》で保護《ほご》することに。

5 ＊ 犯人《はんにん》さがし

森《もり》にわなをしかけることは禁止《きんし》されています。動物《どうぶつ》をきずつける法律違反《ほうりついはん》をみすごせないと考《かんが》えたわたしたちは、動《うご》きやすいニンジャドレスに着《き》がえて森《もり》にかくれ、ついに、犯人《はんにん》がわなをしかけている現場《げんば》をもくげき！大人《おとな》に知《し》らせようとお城《しろ》へもどったのに、話《はな》をきいてもらえなくて……。

6＊かた車《ぐるま》

それなら、自分《じぶん》たちでシカたちを守《まも》ろうと決《き》めたとき。犯人《はんにん》のひとりにじゃまをされて、森《もり》へいく門《もん》をふさがれてしまったんです。だけど、わたしたちはあきらめませんでした。力《ちから》をあわせ、じたいを解決《かいけつ》しようとがんばりました。まさか、王女《おうじょ》がかた車《ぐるま》をして門《もん》をのりこえるなんて、だれも思《おも》わなかったみたい！

7＊魔法《まほう》のダイヤモンドでわなをさがす

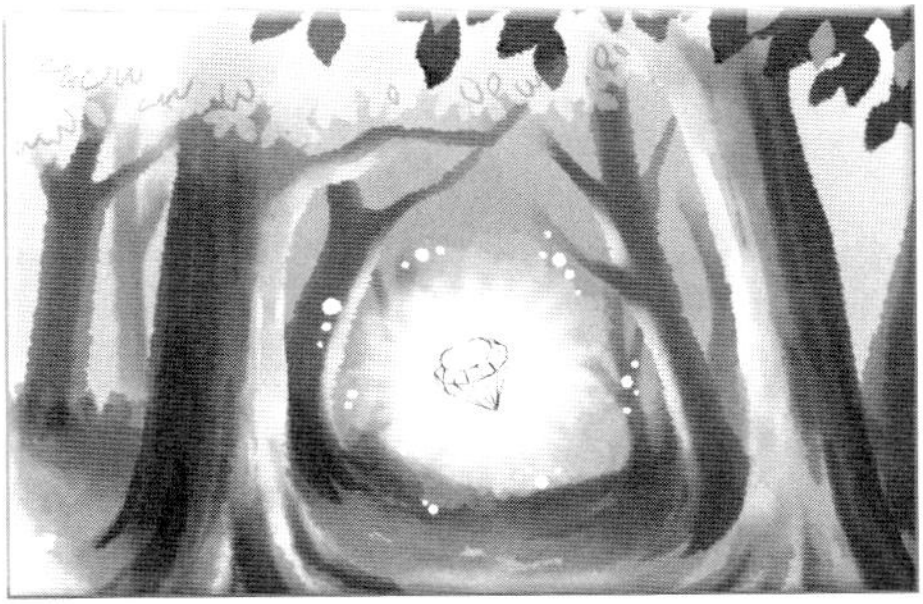

それから、ジャミンタ姫《ひめ》のつくった、危険《きけん》なものに反応《はんのう》して光《ひか》る魔法《まほう》のダイヤモンドで、森《もり》じゅうのわなを使《つか》えなくすることに成功《せいこう》！　無事《ぶじ》に、動物《どうぶつ》たちを守《まも》ることができました。

8 * 大《だい》舞《ぶ》踏会《とうかい》本番《ほんばん》

よく日《じつ》は舞踏会《ぶとうかい》。わたしたち、王女《おうじょ》として、ごあいさつもがんばりました。きんちょうしたけれど、おなじ気持《きも》ちの〝仲間《なかま》〟がいると思《おも》うだけで、とても心強《こころづよ》かったです。

9 * 『ティアラ会《かい》』を結成《けっせい》

わたしは、3人《にん》に王女《おうじょ》だけのひみつの活動《かつどう》『ティアラ会《かい》』を提案《ていあん》しました。そして、みんなで、右手《みぎて》の小指《こゆび》に、おそろいのハート形《がた》ジュエルをネイルアートしたんです。どんなに遠《とお》くはなれていても、心《こころ》と心《こころ》でつながっていられるように……という願《ねが》いをこめて。

10 ＊七《なな》つの約束《やくそく》をかわす

それから『ティアラ会《かい》』は、気持《きも》ちをわかちあえる〝仲間《なかま》〟がいることに感謝《かんしゃ》し、
これからもかわらない友情《ゆうじょう》を誓《ちか》って、七《なな》つの約束《やくそく》をかわしました。

ひとつめ✚**王女《おうじょ》としてのほこりを忘《わす》れない**

ふたつめ✚**正《ただ》しいことをつらぬく**

三《みっ》つめ✚**おたがいを信《しん》じ、みとめあう**

四《よっ》つめ✚**こまったことや、なやみはわかちあう**

五《いつ》つめ✚**友《とも》のピンチには、かけつける**

六《むっ》つめ✚**自分《じぶん》らしく、おしゃれをする**

七《なな》つめ✚**動物《どうぶつ》には愛情《あいじょう》をそそぎ、力《ちから》をつくして守《まも》る**

このできごとが読《よ》める巻《かん》は、これ！
「舞踏会《ぶとうかい》とジュエルの約束《やくそく》」

あらしの海《うみ》で赤《あか》ちゃんイルカをすくう

1＊南《みなみ》の島《しま》で〝仲間《なかま》〟に再会《さいかい》

わたしね、ロイヤル・レガッタという船《ふね》のレースの行事《ぎょうじ》で、南《みなみ》の海《うみ》のエンパリ島《とう》へまねかれたの。世界《せかい》じゅうの王族《おうぞく》が集《あつ》まるから、ユリア姫《ひめ》、ルル姫《ひめ》、ジャミンタ姫《ひめ》にも会《あ》える！　って楽《たの》しみにしていたのよ。ひさしぶりに『ティアラ会《かい》』の４人《にん》がそろいました。

2＊海《うみ》の底《そこ》で不《ふ》思《し》議《ぎ》なパールを発見《はっけん》

どこからか悲《かな》しげな音《おと》がきこえて……ラグーンへいくと、けがをしたイルカの赤《あか》ちゃんがいたの。体《からだ》におおきなきずがあったから心配《しんぱい》になって、思《おも》わず水《みず》の中《なか》までおいかけたわ。そうしたらね、海底《かいてい》で不思議《ふしぎ》なパールをみつけたの！

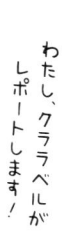

3＊パールからSOS《エスオーエス》？

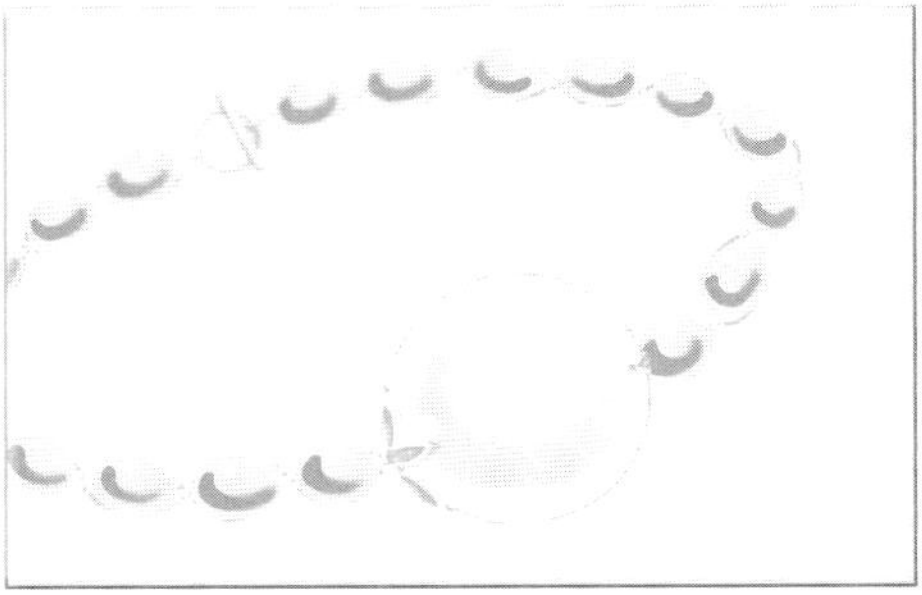

次《つぎ》の日《ひ》。そのパールから「キュゥ」と助《たす》けをもとめるような、あの子《こ》の声《こえ》がしたの！　パールをブレスレットにつけて、わたしたちは、ラグーンへと急《いそ》いだわ。

4＊あらしの海《うみ》へ

でもね、ラグーンにあの子《こ》はみあたらなかった。サミュエルという王子《おうじ》が魚《さかな》つり用《よう》のあみを水《みず》の中《なか》でふりまわしたのにおどろいて、外《そと》の海《うみ》へにげだしたの。最悪《さいあく》なことに、天気《てんき》はあらし。海《うみ》は大《おお》あれ。あの子《こ》はけがで弱《よわ》っているし心配《しんぱい》で……。わたしたちは、ちいさなボートでこぎだしました。

5＊かならず助《たす》けるからね！

弱《よわ》っているあの子《こ》は波《なみ》にもまれて、今《いま》にも岩《いわ》にうちつけられそうでした。わたしは勇気《ゆうき》を出《だ》して、ゴウゴウとうなる海《うみ》へとびこみます！　ボートとつながるロープをにぎり、あいている手《て》であの子《こ》をだきかかえました。ユリア姫《ひめ》、ルル姫《ひめ》、ジャミンタ姫《ひめ》が必死《ひっし》にボートをこいで、ラグーンへひっぱってくれたの。

6 * あの子《こ》の家族《かぞく》

ラグーンへもどると、ブレスレットのあのパールから、白《しろ》いあわがふわふわ出《で》てきて……やがて、パールの魔法《まほう》の力《ちから》で、あの子《こ》のきずはすっかりなおりました。ちょうどあらしもおさまり、沖《おき》から大人《おとな》のイルカたちがむかえにきたの！　あの子《こ》とのお別《わか》れはちょっと……せつなかったわ。

7 * 特等席《とくとうせき》で レガッタ観戦《かんせん》

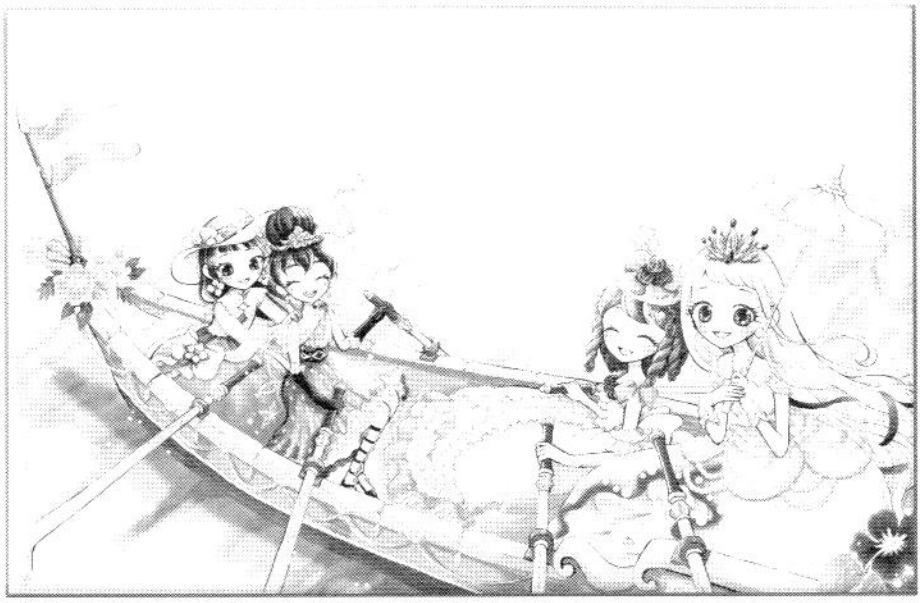

それから、わたしたちは、世界《せかい》じゅうの船《ふね》がスピードを競《きそ》うロイヤル・レガッタを観戦《かんせん》。海《うみ》でのできごとを通《つう》じてわたし、少《すこ》し強《つよ》くなれたような気《き》がしています。

このできごとが読《よ》める巻《かん》は、これ！
「南《みなみ》の島《しま》の願《ねが》いごとパール」

雪《ゆき》の森《もり》でお守《まも》りジュエルをめざめさせる

1＊『ティアラ会《かい》』に入《はい》る

森《もり》のスケートリンクをひろうするため、父《ちち》はお客《きゃく》さまをまねきました。その中《なか》にユリア姫《ひめ》、ルル姫《ひめ》、ジャミンタ姫《ひめ》、クララベル姫《ひめ》がいたの。そして『ティアラ会《かい》』に参加《さんか》することになって……ずっと“仲間《なかま》”がほしかったので、わくわくしました！

2＊なくなった母《はは》からの手紙《てがみ》

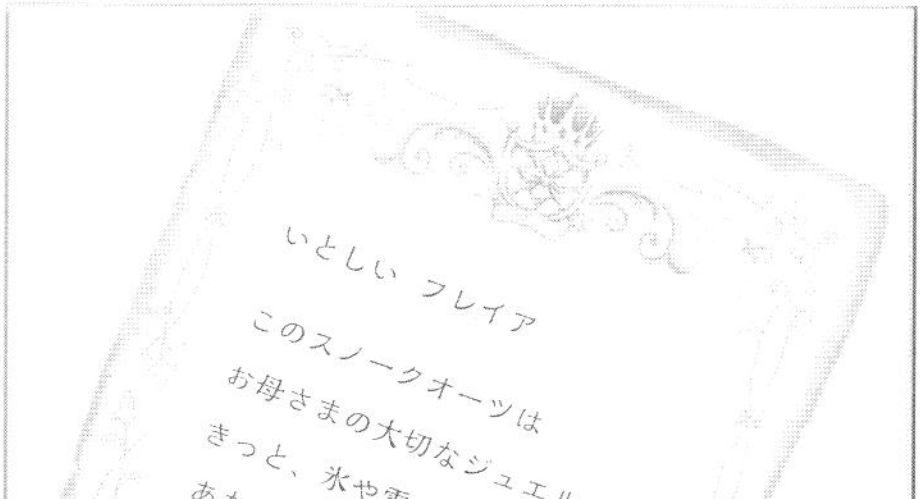
いとしい フレイア
このスノークオーツは
お母さまの大切なジュエルです。
きっと、氷や雪から
あなたを守ってく
いつも身に

わたしはおさないころに母《はは》をなくし、さびしい思《おも》いをしてきました。母《はは》が残《のこ》してくれた手紙《てがみ》や、形見《かたみ》のお守《まも》りペンダントのこと、きびしい父《ちち》とうまくいかないときも多《おお》いことを、“仲間《なかま》”に思《おも》いきってうちあけたわ。

わたし、フレイアがレポートします！

3 ＊ふぶきの中《なか》の大《だい》そうさく活動《かつどう》

いつも心《こころ》をなぐさめてくれていた、赤《あか》ちゃんネコのミンキーが雪《ゆき》の中《なか》へとびだしたまま、ゆくえ不明《ふめい》に。みんなは、こごえる森《もり》で、いっしょにさがしてくれたんです！

4 ＊お守《まも》りジュエルの魔法《まほう》

そのとき、お守《まも》りペンダントのスノークオーツが光《ひか》り、魔法《まほう》の力《ちから》がめざめたの！　つめたい氷《こおり》や雪《ゆき》をとかしてミンキーをすくい、同時《どうじ》に、父《ちち》のきびしさにこごえていたわたしの心《こころ》までやわらげて……とても不思議《ふしぎ》で感動的《かんどうてき》な体験《たいけん》でした。よりそってくれた『ティアラ会《かい》』のみんな、ありがとう。このことをきっかけに、父《ちち》の“心《こころ》の真実《しんじつ》”を考《かんが》えられるようになったのよ。

このできごとが読《よ》める巻《かん》はこれ！
「雪《ゆき》ふる森《もり》のお守《まも》りジュエル」

『ティアラ会《かい》』に〃仲間《なかま》〃入《い》り！

1＊『ティアラ会《かい》』のひみつ

大好《だいす》きなユリアお姉《ねえ》さまがね、ロイヤル・アカデミーの寮《りょう》へおひっこしする日《ひ》『ティアラ会《かい》』のひみつを話《はな》してくれたの。おどろいたけれど、すごくわくわくしたなぁ！　いつかお姉《ねえ》さまといっしょに活動《かつどう》する日《ひ》を夢《ゆめ》みて、やる気満《きまん》まんになったよ。

2＊魔法《まほう》のジュエルを〃仲間《なかま》〃へ

お姉《ねえ》さまにたくされた４つのジュエルを持《も》ち、わたしは春《はる》の大舞踏会《だいぶとうかい》のおこなわれるペロニア王国《おうこく》へ。イザベラ姫《ひめ》、アミーナ姫《ひめ》、ロザリンド姫《ひめ》と出会《であ》い、“仲間《なかま》”にさそったの。ジュエルをひとりひとりが選《えら》んで、むねがおどったわ！

3＊心《こころ》のメッセージ

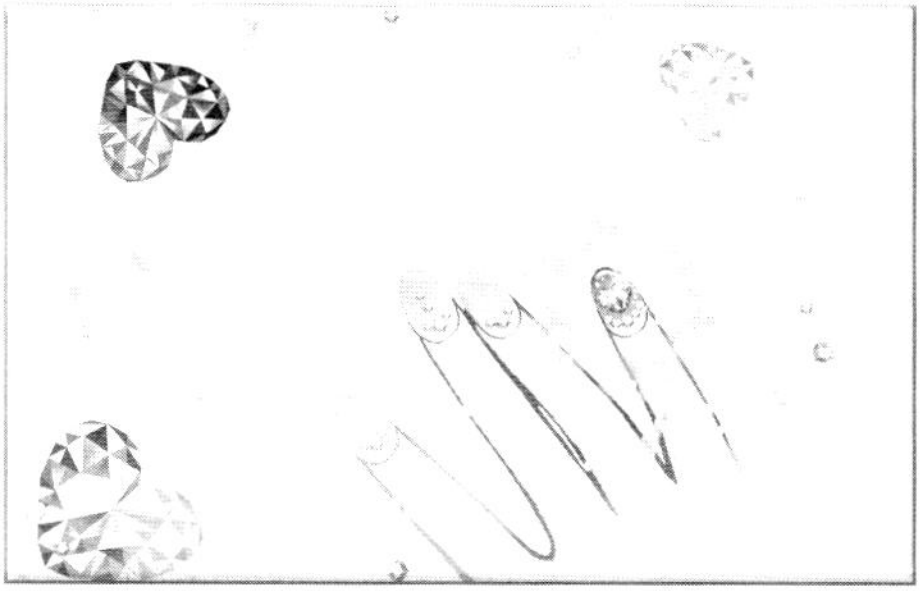

実《じつ》はこのジュエル、ただかわいいだけじゃないんだよ。右手《みぎて》の小指《こゆび》にネイルアートしあうとね、口《くち》に出《だ》さなくても、心《こころ》で強《つよ》く念《ねん》じたメッセージがきこえてくるんだ！

4＊ほんとうの〝仲間《なかま》〟

心《こころ》の声《こえ》がほんとうに３人《にん》にとどくか、すごくドキドキしたぁ～！　出会《であ》ってすぐは、うまくいかないことも多《おお》かったわたしたち。“仲間《なかま》”をつくるのは、そんなにかんたんじゃないって、思《おも》いしったの。心《こころ》と心《こころ》が通《つう》じあう、ほんとうの“仲間《なかま》”になれたかどうか……は、うふふっ。この巻《かん》の、p.129からの物語《ものがたり》を読《よ》んでのお楽《たの》しみだよ！　以上《いじょう》、ナッティからのご報告《ほうこく》でした～。

暗号《あんごう》をとき、伝説《でんせつ》のたからものを守《まも》る

1 * トレジャー・ハンター

わたしの国《くに》、ベラチナ王国《おうこく》にはトロピカル・フォレストという、フルーツやお花《はな》いっぱいのジャングルがあります。ある日《ひ》、動物《どうぶつ》たちのすみかであるフルーツの木《き》が、伝説《でんせつ》のたからものをねらうハンターたちにきられていたの！　すぐに、王《おう》である父《ちち》に「やめさせて」とつたえました。でもね、相手《あいて》にしてもらえなくて……。

2 * 小指《こゆび》のジュエルで

こまったわたしは『ティアラ会《かい》』の“仲間《なかま》”に相談《そうだん》してみよう、と思《おも》いつきました。ナッティ姫《ひめ》、アミーナ姫《ひめ》、ロザリンド姫《ひめ》に「助《たす》けて！」と心《こころ》の声《こえ》をおくったわ。

3＊ニンジャドレスで、探検《たんけん》に

みんなは遠《とお》い国《くに》にすんでいるのだけど、すぐにかけつけてくれました。さっそく、４人《にん》で作戦会議《さくせんかいぎ》よ。アミーナ姫《ひめ》の提案《ていあん》で、ハンターにたからものをとられるまえに、わたしたちでみつけちゃおうってことになって。しかもロザリンド姫《ひめ》がね、動《うご》きやすいニンジャドレスをつくってきてくれたの！

4 * 魔法《まほう》のジュエルをつくる道具《どうぐ》

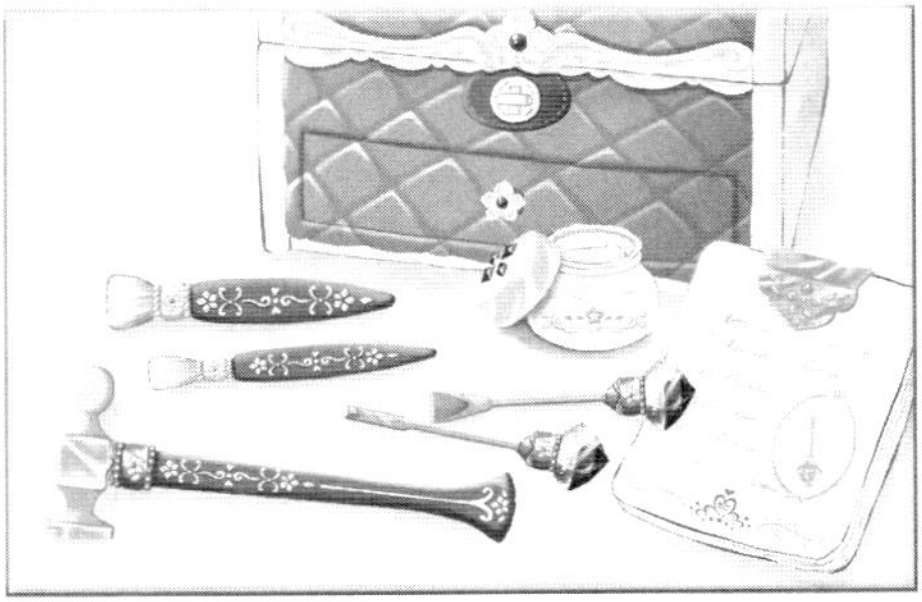

ナッティ姫《ひめ》はね、魔法《まほう》のジュエルをつくれる道具《どうぐ》を持《も》ってきてくれました。探検《たんけん》の準備《じゅんび》は完《かん》ぺき。フォレストのおくへ、どんどん進《すす》んでいきます。

5 * 暗号《あんごう》のなぞとき

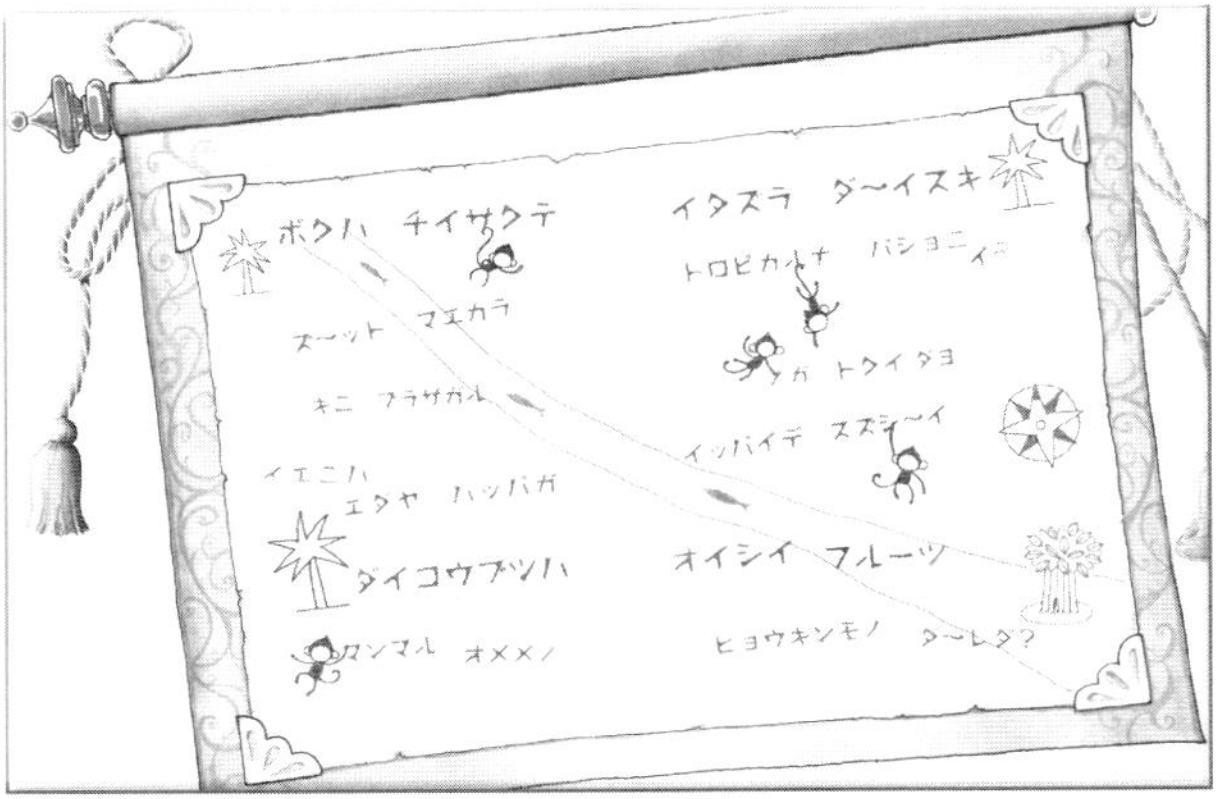

たからもののかくし場所《ばしょ》の手《て》がかりは、お城《しろ》にあった古《ふる》い巻物《まきもの》に記《しる》されていたの！　この暗号《あんごう》、一見《いっけん》ふざけていて、かんたんそうにみえるでしょ？　でもほんとうのこたえはね、頭《あたま》のかたい大人《おとな》たちが気《き》づかない、意外《いがい》なところにありました。これでハンターたちより先《さき》に、たからものにたどりつけそう。

6＊ついに発見《はっけん》！

まばゆいたからものに、おどろいていたら、わたしたちに気《き》づいたハンターが横《よこ》どりしようとせまってきてピンチ！　きりぬける方法《ほうほう》はないか、必死《ひっし》で考《かんが》えました。ナッティ姫《ひめ》の持《も》ってきてくれた、ジュエルづくりの道具《どうぐ》が大活《だいかつ》やくすることに……！

7＊伝説《でんせつ》のたからものを守《まも》りきる

スリルいっぱいだったけど、なんとか守《まも》りきれたのは、みんなのチームワークのおかげ！　たよりになる〝仲間《なかま》〟ばかりです。

このできごとが読《よ》める巻《かん》は、これ！
「たからさがしと魔法《まほう》の蝶《ちょう》」

お城《しろ》の結婚《けっこん》セレモニーを成功《せいこう》させる

1 * いとこのお姉《ねえ》さまの結婚《けっこん》

いとこのラニ姫《ひめ》が結婚《けっこん》することになりました。セレモニーに招待《しょうたい》したナッティ姫《ひめ》、イザベラ姫《ひめ》、ロザリンド姫《ひめ》が、お城《しろ》へきてくれたのは、うれしいのですが……両親《りょうしん》のいないわたしにとって、ちいさいころから姉妹《しまい》のようにいっしょにくらしてきたラニ姫《ひめ》の結《けっ》婚《こん》は、うれしいような、さびしいような、複雑《ふくざつ》な気持《きも》ちです。

2 * ブライズメイド

わたしは、花《はな》よめさんにつきそうブライズメイドをたのまれていました。世界一《せかいいち》すてきなロイヤル・ウエディングとして、大成功《だいせいこう》させたいのに、お城《しろ》のそばで、心配《しんぱい》な、もうひとつの事件《じけん》が起《お》こり……。

わたし、アミーナがレポートします！

3＊結婚《けっこん》セレモニーへ参列《さんれつ》

ひとりでその事件《じけん》を解決《かいけつ》しようとしたわたしに、ナッティ姫《ひめ》たちはつきあってくれました。でもわたし、“仲間《なかま》”を危《き》険《けん》に巻《ま》きこんでいることに、全然気《ぜんぜんき》づいていなくて……。

結局《けっきょく》、王妃《おうひ》であるおばに事件《じけん》のことがばれて、きつくしかられてしまいます。たっぷり反省《はんせい》して、むかえた結婚《けっこん》セレモニー当日《とうじつ》。しあわせ色《いろ》にかがやいているラニ姫《ひめ》をみて、心《こころ》からうれしく、ほこりに思《おも》いました。ナッティ姫《ひめ》たち３人《にん》も、セレモニー用《よう》のおごそかなドレスで参列《さんれつ》して、ブライズメイド役《やく》をこなすわたしを、そっとみまもっていてくれました。

このできごとが読《よ》める巻《かん》は、これ！
「しあわせ色《いろ》の結婚《けっこん》セレモニー」

赤《あか》レンガの館《やかた》で『ひみつの書《しょ》』を発見《はっけん》

1＊ミステリアスな館《やかた》のなぞ

わたしとイザベラ姫《ひめ》、ナッティ姫《ひめ》、アミーナ姫《ひめ》は、王《おう》である父《ちち》たちの仕事《しごと》につきそい、ちいさな島《しま》にある赤《あか》レンガの館《やかた》で再会《さいかい》しました。実《じつ》はまえに、この島《しま》にまつわるなぞのメモと、ちいさなカギをみつけていたの。わたしたち４人《にん》は、そのカギでひらくとびらをさがす探検《たんけん》をはじめたわ。

2＊〝仲間《なかま》〟と気《き》まずい空気《くうき》に

でもね……ささいなことから、みんなと仲《なか》たがいをしてしまったの。そんなつもりじゃなくても誤解《ごかい》されたり、意見《いけん》があわなかったり。友情《ゆうじょう》って、むずかしいですよね。

わたし、ロザリンドがレポートします！

3＊カギのなぞがとけた！

アミーナ姫《ひめ》のおかげで仲《なか》なおりし、探検《たんけん》のつづきをはじめたわたしたち。ついになぞをとき、館《やかた》のかくしとびらにたどりつきました。

4＊『ひみつの書《しょ》』を発見《はっけん》

とびらの中《なか》の小部屋《こべや》にあったのは『ひみつの書《しょ》』。ずっしり重《おも》いその本《ほん》には「森《もり》にかくれている敵《てき》をみつけるヒント」や「最高《さいこう》の変《へん》そう50種《しゅ》」など、『ティアラ会《かい》』の冒険《ぼうけん》に役立《やくだ》つヒントがたくさん書《か》かれていました。そのあと起《お》きた事件《じけん》でも、この『ひみつの書《しょ》』が大活《だいかつ》やくしたのよ！

このできごとが読《よ》める巻《かん》は、これ！
「銀色《ぎんいろ》ペンダントのひみつ」

伝統《でんとう》のしきたりを、新《あたら》しくぬりかえる

1＊ミラニア王国《おうこく》のしきたり

わたし、このまえ12さいの誕生日《たんじょうび》をむかえました。わたしのすむミラニア王国《おうこく》には、代《だい》だいつづくしきたりがあってね、王女《おうじょ》は、12さいになると、決《き》められたドレスで写真《しゃしん》をとる、おひろめ儀式《ぎしき》をするの。ナッティ姫《ひめ》、ロザリンド姫《ひめ》、マヤ姫《ひめ》に、この儀式《ぎしき》への立《た》ちあいを、お願《ねが》いしました。はるばる、お城《しろ》へきてくれたのよ。

2＊伝統《でんとう》のごてごてドレス

ところが。王妃《おうひ》である母《はは》が用意《ようい》した儀式用《ぎしきよう》のドレスは、すごく古《ふる》めかしいデザインでした。いくら伝統《でんとう》だからって、ショックだったわ。国《くに》の人《ひと》びとにおひろめする写真《しゃしん》で、こんなごてごてのドレスを着《き》なくてはいけないなんて……ね。

わたし、サマーがレポートします！

3 ＊〝仲間《なかま》〟が、はげましてくれた

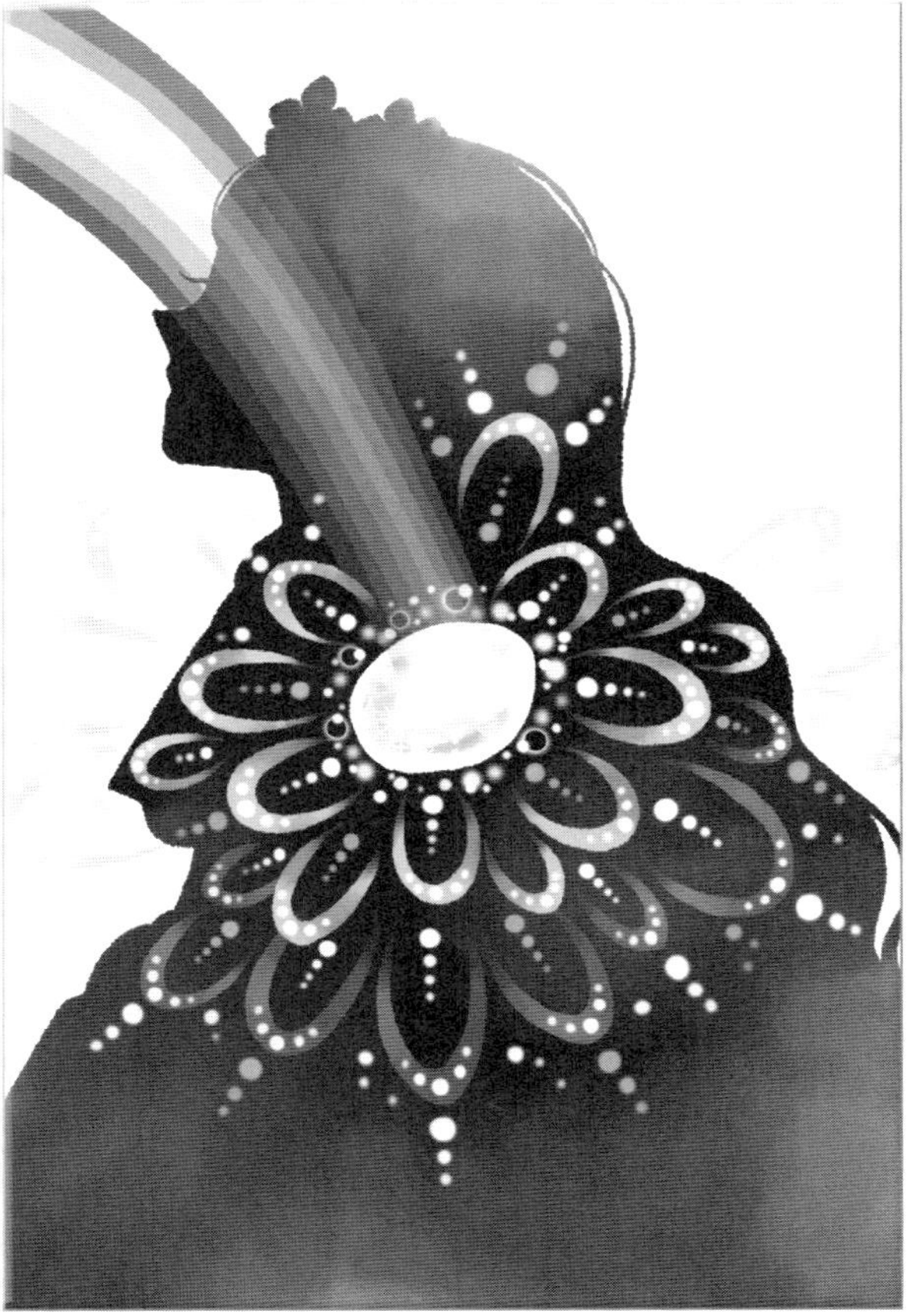

それでも最初《さいしょ》は「伝統《でんとう》だからしかたない」ってあきらめていました。ドレスには、お気《き》に入《い》りのオパールのネックレスをあわせることにして、がまんしようって。そんなわたしを、ナッティ姫《ひめ》たち３人《にん》ははげましてくれました。母《はは》に気持《きも》ちをつたえたらどうかとアドバイスしてくれたり、撮影《さつえい》をおくらせて、わたしが考《かんが》える時間《じかん》をつくってくれたり……でも、心《こころ》が決《き》まらなくて。

4＊オパールのいいつたえ

なやんでいたとき、オパールのネックレスにまつわる、不思議《ふしぎ》ないいつたえをききました。お城《しろ》のそばにある、小川《おがわ》の水《みず》にひたすとね、ジュエルの魔法《まほう》がめざめるんですって！

5＊小川《おがわ》の水《みず》にひたす

わたしたち、さっそくオパールを持《も》って小川《おがわ》へ向《む》かいました。でも、あろうことか、大切《たいせつ》なオパールを水《みず》の中《なか》へ落《お》としてしまったの。ジュエルの魔《ま》法《ほう》はめざめる様子《ようす》もないし、オパールのことも、おひろめドレスのことも、全然《ぜんぜん》うまくいかなくて、心《こころ》はぐちゃぐちゃに。なみだがこぼれました……。

6＊ジュエルの奇跡《きせき》

その夜《よる》、やっぱりオパールをさがそうと、わたしたち、お城《しろ》をぬけだして小川《おがわ》へ急《いそ》ぎました。そうしたら、奇跡《きせき》が起《お》こっていたの！　川《かわ》の中《なか》でオパールが虹色《にじいろ》にかがやいていて、とても不思議《ふしぎ》な光景《こうけい》でした。オパールは無事《ぶじ》に手《て》もとへもどり、わたしの中《なか》にある決心《けっしん》が生《う》まれたの。それまでの自分《じぶん》だったら考《かんが》えられない、新《あたら》しい提案《ていあん》を両親《りょうしん》にしてみようって。

7＊思《おも》いきった提案《ていあん》

撮影儀式《さつえいぎしき》の本番《ほんばん》。わたしは、これまでのしきたりをかえる新《あたら》しいドレスを提案《ていあん》しました。すごく勇気《ゆうき》が必要《ひつよう》だったけど〝仲間《なかま》〟の応《おう》えんと魔法《まほう》のオパールに、力《ちから》をもらったからね。

このできごとが読《よ》める巻《かん》は、これ！
「誕生日《たんじょうび》のおひろめドレス」

ロイヤル・アカデミーで新学期《しんがっき》はじまる

わたし、エラがレポートするね！

1＊エラも『ティアラ会《かい》』のメンバーに

エラね、ロイヤル・アカデミーへ入学《にゅうがく》したの。ナッティ姫《ひめ》、サマー姫《ひめ》、ロザリンド姫《ひめ》とおなじお部屋《へや》になって『ティアラ会《かい》』のひみつをきいてね、参加《さんか》することに。右手《みぎて》の小指《こゆび》に、きれいなイエロー・ダイヤモンドをネイルアートしてもらったのよ！

2＊学園生活《がくえんせいかつ》はとってもたいへん

エラはね、授業《じゅぎょう》についていくのに、せいいっぱい。王室《おうしつ》マナーの授業《じゅぎょう》で、先生《せんせい》に何度《なんど》も注意《ちゅうい》されて落《お》ちこんでいると、みんながはげましてくれた。こわい先《せん》ぱいにめいわくをかけたときは、みんなを罰《ばつ》に巻《ま》きこんでしまって、反省《はんせい》……。

3＊ユリア姫《ひめ》たち上級生《じょうきゅうせい》とも会《あ》ったの

ナッティ姫《ひめ》のお姉《ねえ》さま、ユリア姫《ひめ》は学園《がくえん》の上級生《じょうきゅうせい》。校舎《こうしゃ》のどこかに〝かくしとびら〟があるらしいと、教《おし》えてくれたわ。やさしくて、あこがれの先《せん》ぱいがたなの！

4＊ティータイム・ピクニックに参加《さんか》できなくなりそうに！

学園《がくえん》の名物行事《めいぶつぎょうじ》の「ティータイム・ピクニック」。ドレスアップをして、お庭《にわ》でティータイムするのよ。けれど、エラの起《お》こしたトラブルのせいで、お部屋《へや》のみんなまで参加禁止《さんかきんし》になりそうに！　エラね、勇気《ゆうき》を出《だ》して、自分《じぶん》で解決《かいけつ》しようとがんばったわ。どうがんばったかは……下《した》の巻《かん》を読《よ》んでみてね。さて、『ティアラ会《かい》』の活動報告《かつどうほうこく》は、エラで最後《さいご》です。お楽《たの》しみいただけましたか？

このできごとが読《よ》める巻《かん》は、これ！
「内気《うちき》なティアラの新学期《しんがっき》」

これ知《し》ってる？
ティアラ会《かい》の
もん章《しょう》よ

ティアラを
モチーフにした
デザインなの

お手紙《てがみ》や本《ほん》の
いろんなところに
使《つか》われているから
さがしてみて！

Princess
of
Tiara

美《うつく》しくかがやく ジュエルたち

ひみつ図鑑《ずかん》

ダイヤモンド

王者《おうじゃ》の石《いし》

だれにも負《ま》けない強《つよ》さを持《も》つジュエル。春《はる》の大舞踏会《だいぶとうかい》では、森《もり》の中《なか》のわなに近《ちか》づくと、白《しろ》く光《ひか》って危険《きけん》を知《し》らせた。友《とも》だちとかたいきずなで結《むす》んでくれる

ジャミンタ姫《ひめ》、アミーナ姫《ひめ》の小指《こゆび》のジュエル。また、夜《よる》の森《もり》や赤《あか》レンガの館《やかた》でライトがわりに使《つか》われたブレスレットもある。かしこさと、芸術《げいじゅつ》センスをひきだす

オパール

神《かみ》さまの石《いし》

サマー姫《ひめ》のペンダント。神秘《しんぴ》の森《もり》にある“虹《にじ》の小川《おがわ》”にひたすと七色《なないろ》にかがやいた。後《うし》ろ向《む》きな気持《きも》ちや、わるい運《うん》をおいはらい、心《こころ》に自由《じゆう》をあたえてくれる

クリスタル

天使《てんし》の石《いし》

ジャミンタ姫《ひめ》のティアラのジュエル。ありとあらゆるしあわせをはこび、わざわいや困難《こんなん》から守《まも》ってくれる

サファイア

運命《うんめい》の石《いし》

クララベル姫《ひめ》、フレイア姫《ひめ》、ロザリンド姫《ひめ》の、小《こ》指《ゆび》のジュエル。トロピカル・フォレストの冒険《ぼうけん》のときには、空《そら》へまいあがり、たからものを守《まも》った。やさしさと、運命《うんめい》をきりひらくパワーをもたらす

ルビー

女王《じょおう》の石《いし》

ユリア姫《ひめ》、ナッティ姫《ひめ》の小《こ》指《ゆび》のジュエル。上品《じょうひん》で、はなやかなオーラがあり、女《おんな》の子《こ》に情熱《じょうねつ》や勇気《ゆうき》、積極的《せっきょくてき》な行動力《こうどうりょく》をあたえてくれる

イエロートパーズ

太陽《たいよう》の石《いし》

ルル姫《ひめ》、イザベラ姫《ひめ》の小《こ》指《ゆび》のジュエル。強《つよ》いエネルギーで、不安《ふあん》やなやみをうちけし、自《じ》分《ぶん》にとって必要《ひつよう》なものと出会《であ》わせてくれる

女《おんな》の子《こ》の心《こころ》に
強《つよ》い強《つよ》い気《き》持《も》ちが
めばえたとき

魔《ま》法《ほう》のパワーが
あらわれて
奇《き》跡《せき》を
もたらすのです…！

→めくってね

アメジスト

平和《へいわ》の石《いし》

サマー姫《ひめ》の小指《こゆび》のジュエル。心《こころ》をおだやかにととのえる、いやしとやすらぎのパワーをもたらす

イエローダイヤモンド

光《ひかり》の石《いし》

エラ姫《ひめ》の小指《こゆび》のジュエル。理想《りそう》の自分《じぶん》や「こうなりたい」と思《おも》う、女《おんな》の子《こ》の望《のぞ》みをかなえ、希望《きぼう》の光《ひかり》で変化《へんか》へとみちびく

スノー

愛《あい》の石《いし》

タイガーズ

アミーナ姫《ひめ》のブレスレットのジュエル。冒険《ぼうけん》のときには、暗《くら》やみをみとおせる双眼鏡《そうがんきょう》のレンズがわりになった。人《ひと》の心《こころ》や気《き》持《も》ちなど、目《め》にみえないものへの想像力《そうぞうりょく》を高《たか》める

魔法《まほう》のジュエル

クオーツ

フレイア姫《ひめ》がお母《かあ》さまからもらった形見《かたみ》のジュエル。雪《ゆき》ふる森《もり》では、つめたく危険《きけん》な氷《こおり》を、あたためてとかした。親《おや》子《こ》の愛《あい》を深《ふか》めてくれる

エメラルド

女神《めがみ》の石《いし》

アクアマリン

マヤ姫《ひめ》の小指《こゆび》のジュエル。自分《じぶん》や、まわりの人《ひと》たちの悲《かな》しみ・心《こころ》のいたみをやわらげ、みんなから愛《あい》される力《ちから》をひきだしてくれる

人魚《にんぎょ》の石《いし》

パール

なみだの石《いし》

クララベル姫《ひめ》がラグーンでみつけた海《うみ》のジュエル。夢《ゆめ》や願《ねが》いをかなえてくれる。あらしの中《なか》、クララベル姫《ひめ》の願《ねが》いに反応《はんのう》し、赤《あか》ちゃんイルカの命《いのち》をすくった

アイ

聖《せい》なる石《いし》

休《きゅう》けいのお時間《じかん》です

アリーの王女《おうじょ》さま診断《しんだん》

ジュエルの心理《しんり》ゲームをご用意《ようい》しました。
パワーをさずけてくれるジュエルがわかります。

晩《ばん》さん会《かい》が、はじまりました。
まず最初《さいしょ》に、お飲《の》みものは
どれをお持《も》ちいたしましょう？

- チェリーソーダ → ❋のジュエル
- フレッシュピーチジュース → ♥のジュエル
- ミルクシェイク → ☘のジュエル
- レモネード → ✚のジュエル
- フレッシュパインジュース → ✿のジュエル
- ホットチョコレート → ♣のジュエル
- ホット紅茶《こうちゃ》 → ⚜のジュエル

❋ルビー

積極的《せっきょくてき》に何《なに》かをはじめたいとき、情熱《じょうねつ》のパワーで背中《せなか》をおしてくれます。

♥サファイア

大切《たいせつ》なものをつつみこむ、おだやかなやさしさをあたえてくれます。

☘エメラルド

まよっていることがあるとき、かしこさの魔法《まほう》で力《ちから》をかしてくれます。

✚アメジスト

がんばりすぎたとき、いやしの魔法《まほう》で自分《じぶん》らしさをとりもどさせてくれます。

✿イエローダイヤモンド

自分《じぶん》の心《こころ》を知《し》り、かわりたい方向《ほうこう》へとみちびいてくれます。

⚜イエロートパーズ

何《なに》か不安《ふあん》があるとき、のりきる希望《きぼう》のパワーをもたらします。

♣アクアマリン

心《こころ》にさびしさが生《う》まれたとき、愛《あい》されるみりょくをひきだしてくれます。

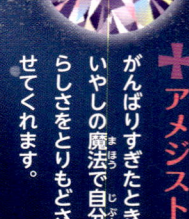

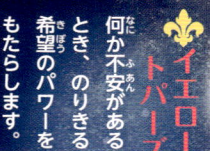

＊ナッティ姫《ひめ》とユリア姫《ひめ》の物語《ものがたり》＊

心《こころ》と心《こころ》が通《つう》じあえば…

わたしが、ティアラ会《かい》の
メンバーになったときの
物語《ものがたり》です！

ちいさいころから　いつでも
お姉《ねえ》さまと　いっしょだった

でも　これからは…
はなればなれの
くらしがはじまるの

ひとりぼっちは　心細《こころぼそ》いよ

そう　うちあけたら

「子《こ》どもっぽい」って

笑《わら》われちゃうかなぁ…？

1

お姉《ねえ》さまの出発《しゅっぱつ》じたく

ここは、おとぎの世界《せかい》にある、リッディングランド王国《おうこく》……。

お城《しろ》の自分《じぶん》の部屋《へや》で、ユリア姫《ひめ》がいそがしそうに荷《に》づくりをしています。

ベッドにならべた、レースやフレアたっぷりのドレスを、おおきな旅行《りょこう》トランクへつめているのです。

ダイヤモンドのかざりがついたヘアブラシも入《い》れています。

持《も》ちものにはそれぞれ、王家《おうけ》のしるしの、もん章《しょう》がきざまれていました。

「お姉《ねえ》さまぁ、ほらみて！　これもできるようになったんだよ」

ユリア姫《ひめ》の気《き》をひこうと、そばでおおげさにくるくるとまわってみせているのは……ふたつ年下《としした》の、あまえんぼうな王女《おうじょ》さま、ナッティ姫《ひめ》。

おさないころから、ユリア姫《ひめ》のあとをおいかけては、お姉《ねえ》さまのまねをして、おなじことをためしていた、好奇心《こうきしん》いっぱいの元気《げんき》な女《おんな》の子《こ》です。

今《いま》はまだ、おない年《どし》の王女《おうじょ》さまと会《あ》ったことのないナッティ姫《ひめ》にとって、お姉《ねえ》さまは、いちばんそばにいて、言葉《ことば》がなくても通《つう》じあえる「親友《しんゆう》」のような存在《そんざい》。

大好《だいす》きな背中《せなか》にぎゅっとだきつくと、そのすがたをおおきな鏡《かがみ》がうつしました。

ナッティ姫《ひめ》
ユリア姫《ひめ》
（お姉《ねえ》さま）

「お姉《ねえ》さまぁ、つかまえた！
きょうは、ずーっと
くっついているからね！」

「ふふっ、ナッティったら！　だいじな制服《せいふく》ドレスの上《うえ》にのらないようにね」

お姉《ねえ》さまはクスクス笑《わら》いながらも、荷《に》づくりをつづけています。

きょうは、お姉《ねえ》さまのおひっこしの日《ひ》。

王女《おうじょ》さまのための学園《がくえん》、ロイヤル・アカデミーへ入学《にゅうがく》することになっていて、あと数時間《すうじかん》で、馬車《ばしゃ》にのって出発《しゅっぱつ》しなくてはなりません。

ロイヤル・アカデミーでは、寮《りょう》でくらしながらお勉強《べんきょう》にはげむのが決《き》まり。

きょうお別《わか》れしたら、しばらくは、このお城《しろ》へもどってこないのです。

「お姉《ねえ》さまぁ。ロイヤル・アカデミーは、そんなにたくさんドレスがいるの？」

ナッティ姫《ひめ》は、すねて口《くち》をとがらせながら、旅行《りょこう》トランクをのぞきます。

お姉《ねえ》さまが出発《しゅっぱつ》のしたくで手《て》いっぱいなのはわかっていますが、残《のこ》り少《すく》ない時《じ》間《かん》だからこそ、自分《じぶん》の相手《あいて》をしてもらいたくて、たまらないのです。

「そうよ。授業《じゅぎょう》のための制服《せいふく》ドレス以外《いがい》に、お食事《しょくじ》パーティー用《よう》、晩《ばん》さん会用《かいよう》、セレモニー用《よう》に、お庭《にわ》のピクニック用《よう》……全部必要《ぜんぶひつよう》なドレスなの。特別《とくべつ》な行事《ぎょうじ》に出席《しゅっせき》することが多《おお》いのよ。たいへんそうだけど、がんばらなくてはね！」

お姉《ねえ》さまとはなれるのがさびしくてしかたない、ナッティ姫《ひめ》の気持《きも》ちとはうらはらに、お姉《ねえ》さまは、新《あたら》しい生活《せいかつ》のスタートにはりきっているようです。

（はあ……ついにお別《わか》れなのね。もっといっぱいおしゃべりしたいのに）

「さびしい」なんていったら、子《こ》どもあつかいされそうなので、ナッティ姫《ひめ》は平《へい》気《き》なふりをして、わざとあくびをしてみせました。

「ふわぁあぁ……ロイヤル・アカデミーって、なんだかたいくつそう。わたしは、いきたくないなぁ」

すかさず、まじめな性格《せいかく》のお姉《ねえ》さまにさとされます。

「ナッティったら。王女《おうじょ》の任務《にんむ》をきちんとこなすには、学園《がくえん》でほかの国《くに》の王女《おうじょ》さまと知《し》りあったり、正《ただ》しいマナーや知識《ちしき》を学《まな》ぶことが大切《たいせつ》よ、わかるでしょう？」

その口調《くちょう》が、王妃《おうひ》であるお母《かあ》さまにそっくりだったのがおかしくて、ナッティ姫《ひめ》も気《き》どった声《こえ》でまねしました。

「ユリアったら。リッディングランド王国《おうこく》の第一王女《だいいちおうじょ》として、笑顔《えがお》でエレガントにふるまうことが大切《たいせつ》よ、わかるでしょう？」

おふざけついでにもう一度《いちど》くるくるまわってみせて、ベッドの上《うえ》のドレスめがけてたおれこむと、笑《わら》っていたお姉《ねえ》さまもさすがに顔《かお》をしかめました。

「やめてったら。お姉《ねえ》さまも、ナッティとあそぶのは楽《たの》しいのよ。でもね、今《いま》はあそんでいられないの。わかってね」

たしなめる声《こえ》さえも、あしたからはきけないと思《おも》うと、むねがつまります。

お姉《ねえ》さまのとなりにポスッとすわると、おさえていた本音《ほんね》があふれでました。

「いや！　はなれるなんて、いやだからね……」

ナッティ姫《ひめ》はお姉《ねえ》さまにすがるように、うでにしがみつきます。

したくがおわれば、お姉《ねえ》さまはロイヤル・アカデミーへいってしまうのです。

ユリア姫《ひめ》が、考《かんが》えこんだまなざしで、「ナッティ」と、こちらをみつめました。

「早《はや》くしたくをおわらせて、大切《たいせつ》な話《はなし》をしたいのよ。ふたりだけのひみつの話《はなし》」

いつもとちがうお姉《ねえ》さまの表情《ひょうじょう》に、なんだか少《すこ》しきんちょうします。

〝ひみつの話《はなし》〟……って、何《なん》なのでしょう！

2

ひみつの話《はなし》

やがて出発《しゅっぱつ》のしたくをおえて、旅行《りょこう》トランクをとじたお姉《ねえ》さまが、あらたまった顔《かお》でとなりへすわりました。

「ナッティは、この間《あいだ》お誕生日《たんじょうび》がきて、春《はる》の大舞踏会《だいぶとうかい》で〝デビュー〟する年《とし》になったのよね。お姉《ねえ》さまがほかの国《くに》の王女《おうじょ》さまたちと『ティアラ会《かい》』をはじめたのも、今《いま》のナッティの年《とし》よ」

「えっ？　『ティアラ会《かい》』？」

ききなれない言葉《ことば》に、質問《しつもん》したいことが頭《あたま》に次《つぎ》つぎうかびましたが……。

「だめよ。今《いま》は時間《じかん》がないの。少《すこ》しの間《あいだ》、何《なに》もいわずにきいていてね」

お姉《ねえ》さまが、しぃっと口《くち》に指《ゆび》をあてるポーズをします。

「……『ティアラ会《かい》』というのはね、王女《おうじょ》だけのひみつの活動《かつどう》よ。ナッティにも、友情《ゆうじょう》でつながった〝仲間《なかま》〟をみつけて、メンバーにくわわってほしいの」


お姉《ねえ》さまは、しんけんな表情《ひょうじょう》でつづけました。

「あれは、ミストバーグ城《じょう》の春《はる》の大舞踏会《だいぶとうかい》で〝デビュー〟したときのこと。ナッティは水《みず》ぼうそうでおるすばんだったわよね？　あのときね……」

二年《にねん》まえ、お姉《ねえ》さまは、春《はる》の大舞踏会《だいぶとうかい》で三人《さんにん》の王女《おうじょ》さまと出会《であ》いました。

クララベル姫《ひめ》、ジャミンタ姫《ひめ》、それにルル姫《ひめ》です。

たいていの王女《おうじょ》さまは春《はる》の大舞踏会《だいぶとうかい》で〝デビュー〟するまで、お城《しろ》の外《そと》へ出《で》ることが少《すく》なく、おない年《どし》の女《おんな》の子《こ》と知《し》りあう機会《きかい》がなかなかありません。

大舞踏会《だいぶとうかい》で顔《かお》をあわせたお姉《ねえ》さまたちは、ドレスのチェックや、ごあいさつとダンスのリハーサルをしたりするうちに、自然《しぜん》と仲《なか》よくなったそう。

「……おしとやかなだけではないの。かわいくて、かしこくて、勇気《ゆうき》ある王女《おうじょ》さまたちよ。この三人《さんにん》と『ティアラ会《かい》』をはじめたの……大人《おとな》にはないしょでね」

ほこらしげに語《かた》るお姉《ねえ》さまのひとみは、かがやいていました。

「国《くに》へもどってからも連絡《れんらく》をとりあって、おたがいのなやみをうちあけたり、だれかのピンチには、かけつけたわ。あとで、フレイア姫《ひめ》もくわわったの。心《こころ》と心《こころ》がつながった友情《ゆうじょう》の活動《かつどう》、それが『ティアラ会《かい》』よ」

自分《じぶん》に自信《じしん》の持《も》てない〝仲間《なかま》〟をはげましたり、きびしいお父《とう》さまとの関係《かんけい》になやむ〝仲間《なかま》〟の心《こころ》に、よりそったこともあるそうです。

「七《なな》つの約束《やくそく》もしたのよ。動物《どうぶつ》たちを力《ちから》をつくして守《まも》るのは、約束《やくそく》のひとつ」

春《はる》の大舞踏会《だいぶとうかい》のとき、近《ちか》くの森《もり》にしかけられたわな・・にかかってくるしんでいるシカの赤《あか》ちゃんに気《き》づき、夜中《よなか》にみんなで助《たす》けだしたのが最初《さいしょ》の冒険《ぼうけん》だったそう。

そのあとも、けがをした赤《あか》ちゃんイルカ、ゆくえ不明《ふめい》の赤《あか》ちゃんライオン、さらわれた赤《あか》ちゃんパンダ、まいごの赤《あか》ちゃんネコをすくってきたというのです。

（お姉《ねえ》さまたち、なんてすごいの！　わたしも心《こころ》と心《こころ》でつながった〝仲間《なかま》〟をみつけたい！　はげましあったり冒険《ぼうけん》したり、動物《どうぶつ》を助《たす》けたりしたいわ）


ナッティ姫《ひめ》の春《はる》の大舞踏会《だいぶとうかい》での〝デビュー〟は間近《まぢか》にせまっていて、一週間後《いっしゅうかんご》に、ことしの会場《かいじょう》であるペロニア王国《おうこく》へ、いく予定《よてい》になっていました。

（ようし。今度《こんど》は、わたしが〝仲間《なかま》〟をつくる番《ばん》ね！）

やる気《き》をみなぎらせていると、お姉《ねえ》さまにちいさな宝石箱《ほうせきばこ》を手《て》わたされます。

「これを、たくすわ」

中《なか》にはハート形《がた》をしたジュエルが四《よっ》つ！

「この赤《あか》いのはね、お姉《ねえ》さまがいつも、右《みぎ》の小指《こゆび》にネイルアートしているのとおなじ、ルビーよ。深《ふか》いブルーのものはサファイア、明《あか》るいグリーンのはエメラルド、黄色《きいろ》くかがやいているのがイエロートパーズというの」

ちいさな箱《はこ》の中《なか》で、それぞれが美《うつく》しく、きらめいています。

「それにね、ナッティ。これはただの宝石《ほうせき》じゃないの。魔法《まほう》のジュエルなのよ」

このジュエルを右手《みぎて》の小指《こゆび》にネイルアートすると……強《つよ》く念《ねん》じた思《おも》いを、心《こころ》がつながっている相手《あいて》へ、テレパシーのようにとどけることができるのだそう。

「ナッティにも、信《しん》らいしあえる〝仲間《なかま》〟がみつかりますように。注《ちゅう》意《い》深《ぶか》く行動《こうどう》するのよ。あなたはこわいもの知《し》らずだし、考《かんが》えるより先《さき》につきすすんでしまうから気《き》をつけて。いっしょに『ティアラ会《かい》』の活動《かつどう》ができるのを楽《たの》しみにしてるわ」

ほおとほおをふれあう、別《わか》れのあいさつをおえると、もう出発《しゅっぱつ》のとき。

お姉《ねえ》さまは、おむかえにきた人《ひと》とお部屋《へや》を出《で》ていきます。

上《うえ》の階《かい》へあがり、まどをあけると……お姉《ねえ》さまののった馬車《ばしゃ》がみえました。

「お姉《ねえ》さまぁ、心配《しんぱい》しないで！　わたし、
最高《さいこう》の〝仲間《なかま》〟をみつけてみせるわ！」

きこえるかどうかわかりませんが、遠《とお》ざかるお姉《ねえ》さまへさけびます。

（それにしても『ティアラ会《かい》』、魔法《まほう》のジュエル……すごいひみつをきいちゃった！　わたしがんばるわ。お姉《ねえ》さまたちのようになってみせる！）


その一週間後《いっしゅうかんご》、ナッティ姫《ひめ》は……。

今《いま》、王族用《おうぞくよう》の特別《とくべつ》な飛行機《ひこうき》で、ペロニア王国《おうこく》へ向《む》かっているところです。

「お母《かあ》さま。春《はる》の大舞踏会《だいぶとうかい》には、ほかの国《くに》の王女《おうじょ》さまもいらっしゃるのよね？」

「ええ。王女《おうじょ》さまも王子《おうじ》さまも、大勢《おおぜい》集《あつ》まるはずよ」

（楽《たの》しみ！　王女《おうじょ》さまがたくさんくるなら、きっと気《き》のあう子《こ》がみつかるわ）

王妃《おうひ》であるお母《かあ》さまは、つづけます。

「ナッティ。これから参加《さんか》する春《はる》の大舞踏会《だいぶとうかい》は、リッディングランド王国《おうこく》の第二《だいに》王女《おうじょ》として、世界《せかい》じゅうの王族《おうぞく》がたにごあいさつする重要《じゅうよう》な行事《ぎょうじ》です。これまで練習《れんしゅう》してきたように、礼儀正《れいぎただ》しくしなくてはいけませんよ、わかるでしょう？」

そう、ナッティ姫《ひめ》にとっては、たくさんの王《おう》さまや王妃《おうひ》さまにダンスをひろうし、一人《いちにん》まえの王女《おうじょ》としてみとめてもらう、大切《たいせつ》な儀式《ぎしき》なのですが……。

頭《あたま》の中《なか》は〝デビュー〟よりも『ティアラ会《かい》』のことでいっぱい。

きんちょう以上《いじょう》に、期待《きたい》がおおきくて、わくわくする気持《きも》ちがとまりません！

3

ペロニア王国《おうこく》へ到着《とうちゃく》

ペロニア王国《おうこく》のお城《しろ》へ着《つ》くと、はでなかっこうの女性《じょせい》にむかえられました。

むらさき色《いろ》のブドウのかざりがついた、ライムグリーンのおおきなぼうしをかぶっています。

「ナッティ、ペロニア王国《おうこく》のソフィア女王《じょおう》よ。ごあいさつなさい」

お母《かあ》さまにうながされて、あわててひざを曲《ま》げ、おじぎをしますが……。

「ナッティ姫《ひめ》ですね？　ペロニア王国《おうこく》へようこそ。
わが城《しろ》のエントランスホールは気《き》に入《い》ったかしら？」
ソフィア女王《じょおう》

「はい。おくの大階段《だいかいだん》が、とてもすてきですね」
実《じつ》は大階段《だいかいだん》より、女王《じょうおう》のぼうしのブドウのほうが気《き》になってしかたありません。
ソフィア女王《じょおう》は、うれしそうに笑《わら》いました。
「ありがとう。こちらへどうぞ、ナッティ姫《ひめ》。あなたのお部屋《へや》へ、案内《あんない》しましょう」

ゆらゆらと頭《あたま》の上《うえ》のブドウをゆらしながら歩《ある》く女王《じょおう》さまについて、ナッティ姫《ひめ》は、両親《りょうしん》とともに大階段《だいかいだん》をあがっていきました。

長《なが》いろうかの先《さき》にあるのが、ナッティ姫《ひめ》のために用意《ようい》されたお部屋《へや》です。

とびらのまえで女王《じょおう》が、ナッティ姫《ひめ》の頭《あたま》をポンポンとしていいました。

「かわいらしい王女《おうじょ》さま。あなたのダンスをみるのが楽《たの》しみだわ。子馬《こうま》さんのように、元気《げんき》よくジャンプしたりするのかしら？　ふふふっ」

……。なんだか、子《こ》どもあつかいされた感《かん》じがしていやでしたが、国《くに》の第二王《だいにおう》女《じょ》として、大舞踏会《だいぶとうかい》の主催者《しゅさいしゃ》であるソフィア女王《じょおう》に、失礼《しつれい》な態度《たいど》はとれません。

「ダンスの練習《れんしゅう》は、重《かさ》ねてまいりました。お気《き》にめされますように」

ひざを曲《ま》げ、礼儀正《れいぎただ》しく返事《へんじ》をすると、女王《じょおう》は満足《まんぞく》げにうなずきます。

「大舞踏会《だいぶとうかい》の本番《ほんばん》はあさってですが、きょうはかんげいのウェルカムパーティーをひらきます。三十分後《さんじっぷんご》にはじめるので、ひと息《いき》ついたらいらしてくださいね」

ナッティ姫《ひめ》のお部屋《へや》には、かわいらしいもようの赤《あか》いカーペットがしかれ、かべにおおきなカッコウ時計《どけい》がかかっていました。
（お姉《ねえ》さま、いよいよだわ！　ここで、わたしも〝仲間《なかま》〟をさがすのね）
まどへかけよってあけると、鳥《とり》のさえずりがきこえてきます。
「ナッティ姫《ひめ》、お荷物《にもつ》をお持《も》ちしました」

アリー
（おつきの女性《じょせい》）

ドアをノックして入《はい》ってきたのは、アリー。

ナッティ姫《ひめ》の身《み》のまわりのお世話《せわ》をしてくれる、おつきの女性《じょせい》です。

「ユリア姫《ひめ》からうかがいましたよ。『ティアラ会《かい》』のメンバーになられるとか」

大人《おとな》にはないしょの『ティアラ会《かい》』ですが、たったひとり、アリーだけはひみつを知《し》っていて、お姉《ねえ》さまたちの活動《かつどう》をサポートしていたときいています。

アリーはお城《しろ》ではたらくまえは、宝石《ほうせき》どろぼうをおう〝ひみつそうさ員《いん》〟だったので、冒険用《ぼうけんよう》の〝人《ひと》にみつかりにくい移動方法《いどうほうほう》〟などを教《おし》えてくれるのです。

「どうか、注意深《ちゅういぶか》く行動《こうどう》なさってください。あわててもいいことはないですよ」

……。アリーからも、お姉《ねえ》さまとおなじような注意《ちゅうい》をされてしまいました。

「だいじょうぶだって。わたし、絶対《ぜったい》にうまくやれるから」

これまでも、妹《いもうと》だからか、いつも子《こ》どもあつかいされている気《き》がしていました。

でももう、お姉《ねえ》さまがティアラ会《かい》をはじめたときと、おなじ年《とし》。

はじめてのチャレンジをうまくこなす自信《じしん》もやる気《き》も、じゅうぶんにあります。

(まずは……第一印象《だいいちいんしょう》をととのえるのよね。ちゃんとわかっているんだから)

わくわくしながら、ウェルカムパーティーのための着《き》がえをはじめます。

とっておきのキュートなドレスに、お気《き》に入《い》りのティアラを出《だ》して。

髪型《かみがた》も特別《とくべつ》にアレンジしてもらいます。

前髪《まえがみ》をふんわりふくらませてあげてポンパドウルにしたら、残《のこ》りをくるくると

ねじって、ピンでサイドにとめました。

くるくるの巻《ま》き髪《がみ》をゆるめにととのえて、大満足《だいまんぞく》のしあがりです。

ルビーのお花《はな》が
あしらわれた
ティアラを
ななめづけ！

前髪《まえがみ》はゆるめの
ポンパドウルと
ねじりを
くみあわせて

きらきら光《ひか》る
スパンコールが
いっぱい

カールした赤《あか》い髪《かみ》が
チャーム
ポイントなの！
深《ふか》い
あかね色《いろ》の
ドレス

ナッティ姫《ひめ》はおすましして アリーにおじぎしてみせると、お部屋《へや》を出《で》ました。

楽《たの》しみで楽《たの》しみで、むねが高鳴《たかな》り、はずむように大階段《だいかいだん》をくだっていきます。

ウェルカムパーティーの会場《かいじょう》は、ごうかなエントランスホールよりもっと天井《てんじょう》が高《たか》くて、広《ひろ》びろとした大広間《おおひろま》。

かべに、ピカピカにみがかれたやり・・・・とたて・・がかざられていて、すでに集《あつ》まっている王《おう》さまや王妃《おうひ》さまがたが、おいしそうな紅茶《こうちゃ》やケーキを楽《たの》しんでいました。

両親《りょうしん》といっしょに女王《じょおう》におじぎをしたナッティ姫《ひめ》は、まわりをみまわします。

（さあ、『ティアラ会《かい》』の〝仲間《なかま》〟にぴったりの王女《おうじょ》さまをみつけなくちゃ！）

4 ウェルカムパーティーで

ナッティ姫《ひめ》は、はりきって〝仲間《なかま》〟さがしをはじめました。

いちばんはじめに目《め》に入《はい》ったのは、大広間《おおひろま》のすみにたたずむ、ターコイズブルーのドレスを着《き》た王女《おうじょ》さま。

ゆうがに流《なが》れる長《なが》い髪《かみ》に、おっとりした感《かん》じの、やさしそうなひとみ……。

（みつけたわ！　あんな王女《おうじょ》さまと仲《なか》よくなれたら、すてきね）

カマラ王国《おうこく》の
アミーナ姫《ひめ》

よい出会《であ》いにめぐまれたと思《おも》ったのですが……じっとみつめているナッティ姫《ひめ》と目《め》があったとたん、その王女《おうじょ》さまは、ぱっと顔《かお》をそむけてしまいました。

（あらら？　はずかしがりなのかしら？　残念《ざんねん》だけど『ティアラ会《かい》』には向《む》いていなさそうね……）

そのうしろのほうにみつけたのは、黄《き》色《いろ》い段《だん》だんドレスを着《き》た王女《おうじょ》さまです。

ベラチナ王国《おうこく》の
イザベラ姫《ひめ》

きらきらした目《め》をして、さっきの子《こ》より、好奇心《こうきしん》もおうせいそう！

……でしたが、みているると、そばのテーブルにぶつかって、ドンガラガッシャン！

上《うえ》にあった、おいしそうなチェリーパイを全部《ぜんぶ》、ゆかへまきちらしてしまったのです。

（あ～あ。おっちょこちょいな子《こ》は、ひみつを守《まも》れないかもしれないわ）

それから、紺色《こんいろ》ドレスを着《き》た、かしこそうな王女《おうじょ》さまも気《き》になりましたが……、

ダルビア王国《おうこく》の
ロザリンド姫《ひめ》

なんと、となりにいた男《おとこ》の子《こ》と、おおきな声《こえ》でいいあいをはじめたのです！

（パーティーでけんかをはじめるような子《こ》とは、仲《なか》よくなれない気《き》がするなあ）

ナッティ姫《ひめ》はがっかりして、心《こころ》の中《なか》でお姉《ねえ》さまにつぶやきます。

（お姉《ねえ》さま……。〝仲間《なかま》〟をみつけるのって、あんがいむずかしいのね……）

もっとかんたんにみつかるかと思《おも》っていましたが、ちがったようです。

会場《かいじょう》にスローなピアノが流《なが》れはじめ、ソフィア女王《じょおう》が声《こえ》をひびかせました。

「みなさま！　ペロニア王国《おうこく》へようこそ！　さあ二列《にれつ》になっておどりましょう」

王《おう》さまと王妃《おうひ》さま、王子《おうじ》さまと王女《おうじょ》さまが向《む》かいあい、ずらりとならびます。

ナッティ姫《ひめ》も、練習《れんしゅう》してきたようにひざを曲《ま》げてのばして、王子《おうじ》さまとダンス。

女《おんな》の子《こ》なら、むねがときめいてもいい、ひとときのはずなのですが……ふと、まどの外《そと》のお庭《にわ》が目《め》に入《はい》り、一気《いっき》にそちらに心《こころ》をうばわれました。

色《いろ》とりどりのチューリップの向《む》こうに、馬《うま》のすがたがみえたのです！

（きれいなベー
ジュ色《いろ》！　あそこへかけて
いって、いっしょにあそべたらなぁ）

だいじなダンスの真《ま》っ最中《さいちゅう》だというのに、馬《うま》が大好《だいす》きなナッティ姫《ひめ》は、お庭《にわ》へとびだしたくてうずうず。

と、先《さき》ほどの黄色《きいろ》いドレスの王女《おうじょ》さまが、ソフィア女王《じょおう》のつま先《さき》を思《おも》いきりふんづけてしまったようです。

女王《じょおう》は足《あし》をかかえていたがり、大広間《おおひろま》じゅうの視線《しせん》が、いっせいにそのさわぎのほうへ向《む》いています。

（チャンス！　今《いま》なら、だれもわたしのほうをみていないわ。気《き》づかれずに、お庭《にわ》へいけるかも）

ナッティ姫《ひめ》はさっと、ダンスの列《れつ》をぬけ、あいているドアからお庭《にわ》へ出《で》ました。そよ風《かぜ》にふかれ、ふん水《すい》のしぶきをあびながら、チューリップの小道《こみち》を、馬《うま》のところへと走《はし》っていきます。

近《ちか》づくと、木《き》のさくにかこまれた広場《ひろば》には、馬小屋《うまごや》があるのがわかりました。中《なか》にたくさん馬《うま》がいるのもみえて、うれしくなったナッティ姫《ひめ》は、つい勝手《かって》にさくの門《もん》をあけて広場《ひろば》へ入《はい》り、馬小屋《うまごや》へと進《すす》みます。

小屋《こや》の中《なか》をみまわしていると「おい！」と、男《おとこ》の子《こ》の声《こえ》がしました。

ピーター
（馬《うま》のお世《せ》話《わ》係《がかり》）

「こんなところへ王女《おうじょ》さまがきて。しかられるぞ」


人《ひと》がいたとはおどろきです。

でも、馬《うま》に会《あ》えて上《じょう》きげんのナッティ姫《ひめ》は、気《き》にせずのんきに返事《へんじ》をしました。

「だいじょうぶ！　しかられないよ。今《いま》ごろ大人《おとな》たちはダンスに夢中《むちゅう》だから」

あ、男《おとこ》の子《こ》の向《む》こうにあるかこいの中《なか》に、ちいさな子馬《こうま》がいるようです。

「わあ、かわいい！　子馬《こうま》さん、お名前《なまえ》は？」

「……。そいつは、トゥインクルだ」

チョコレート色《いろ》の体《からだ》をした子馬《こうま》は、二週《にしゅう》間《かん》まえに生《う》まれたばかりで、ひたいにある、白《しろ》い星《ほし》のもようから「きらきら」という意《い》味《み》の「トゥインクル」と名《な》づけられたそう。

男《おとこ》の子《こ》の名前《なまえ》はピーターで、この馬小屋《うまごや》にいるソフィア女王《じょおう》の馬《うま》、二十六頭《にじゅうろくとう》すべてのお世話《せわ》を、ひとりでしているのだと説明《せつめい》してくれました。

「わたしはナッティ。手伝《てつだ》うわ。国《くに》のお城《しろ》にも子馬《こうま》がいるからお世話《せわ》は得意《とくい》よ」

トゥインクル

ピーターが干《ほ》し草《くさ》をとりにいき、ナッティ姫《ひめ》はトゥインクルを広場《ひろば》でお散歩《さんぽ》させようと、はりきって馬小屋《うまごや》から顔《かお》を出《だ》した、そのとき。

チューリップの小道《こみち》の向《む》こうで、みおぼえのあるぼうしがゆれていたのです。

(あのブドウ、ソフィア女王《じょおう》だわ！　ダンスがおわったのね)

女王《じょおう》が、王《おう》さまや王妃《おうひ》さまがたに、じまんのお庭《にわ》を案内《あんない》しているようです。

ゆっくりとこちらへ近《ちか》づいてくるのがわかって、ナッティ姫《ひめ》はあわてました。

国《くに》の第二王女《だいにおうじょ》として礼儀正《れいぎただ》しくするよう、お母《かあ》さまにもきつくいわれていたのに、ダンスをぬけだして馬小屋《うまごや》にきていたことが、ばれてはたいへんです！

5

お庭《にわ》でのピンチ

さらに、広場《ひろば》をかこむ、さくの門《もん》があいているのにも気《き》づきました。

（さっき、わたしが入《はい》ってきたときにしっかりしめてなかったんだわ……）

あわててしめにいくと、すでにベージュ色《いろ》の馬《うま》が外《そと》へにげだしていて、ふん水《すい》のほうへ走《はし》っていきます。

（きゃあ！　だめ、もどってきて～）

にげていく馬《うま》をおいかけていると、

「だいじょうぶ？
手《て》をかしにきたよ！」

先《さき》ほどのおっちょこちょいな、黄色《きいろ》いドレスの王女《おうじょ》さまがそばにいました。

「ナッティ姫《ひめ》よね？　わたし、ベラチナ王国《おうこく》のイザベラよ。あの馬《うま》をつかまえたいのよね？　大人《おとな》たちがチューリップにみとれている間《あいだ》に、急《いそ》ぎましょう」

ピンチをさっして、助《たす》けにきてくれたのです！

「わたしが馬《うま》に声《こえ》をかけて、指《ゆび》を鳴《な》らせば、きっとこちらに気《き》をとられるわ。そのすきに、ナッティ姫《ひめ》がそうっと近《ちか》づいて、つかまえてね」

第一印象《だいいちいんしょう》は失敗《しっぱい》の多《おお》そうな子《こ》でしたが、まさに、すくいのアイディアです！

イザベラ姫《ひめ》はほがらかで親《した》しみやすく、はじめて話《はな》した感《かん》じがしませんでした。

息《いき》ぴったりで馬《うま》をつかまえたナッティ姫《ひめ》たちが、広場《ひろば》のほうへもどると……、

「門《もん》をあけるわ」

「はらはらしたけど、一件落着《いっけんらくちゃく》ね」

さくの門《もん》のまえで、先《さき》ほどのパーティーで注目《ちゅうもく》した、はずかしがりの王女《おうじょ》さまと口《くち》げんかの王女《おうじょ》さまが待《ま》っていたのです！

「わたしはダルビア王国《おうこく》のロザリンド。こちらはカマラ王国《おうこく》のアミーナ姫《ひめ》よ。たいへんそうだから、協力《きょうりょく》しようと思《おも》って、ぬけだしてきたの」

「ありがとう！　わたしは、リッディングランド王国《おうこく》のナッティよ」

広《ひろ》い庭《にわ》の片《かた》すみで起《お》きた、ちょっとまぬけなピンチに気《き》づき、大人《おとな》たちの輪《わ》をこっそりはずれてかけつけてくれた三人《さんにん》に、ナッティ姫《ひめ》は心《こころ》から感謝《かんしゃ》します。

「ナッティ姫《ひめ》。ドレスが干《ほ》し草《くさ》だらけよ。ソフィア女王《じょおう》に気《き》づかれるまえに、着《き》がえてきて、みんなにまぎれたほうがいいんじゃない？」

ロザリンド姫《ひめ》のあきれた顔《かお》に、「えへへ……」とごまかし笑《わら》い。

それにしても、馬《うま》をつかまえる作戦《さくせん》をひらめいた、頭《あたま》の回転《かいてん》がはやいイザベラ姫《ひめ》に、さりげなく先《さき》まわりして、広場《ひろば》の門《もん》をあけてくれた、やさしいアミーナ姫《ひめ》。

ふたりとも、第一印象《だいいちいんしょう》とはちがって、〝仲間《なかま》〟になれそうな王女《おうじょ》さまです。

……ロザリンド姫《ひめ》のことは、まだよくわかりませんが。

ナッティ姫《ひめ》は、大人《おとな》の目《め》をかいくぐって、三人《さんにん》の王女《おうじょ》さまがここへ集《あつ》まったことに、興奮《こうふん》していました。

直感《ちょっかん》で〝運命《うんめい》の出会《であ》い〟のような気《き》がします。

（お姉《ねえ》さま。わたしの『ティアラ会《かい》』の〝仲間《なかま》〟は、この王女《おうじょ》さまたちなのね）

まだ知《し》りあったばかりですが、ナッティ姫《ひめ》はすぐに活動《かつどう》したくてたまりません。

グリーンのひとみをかがやかせると、心《こころ》を決《き》めて口《くち》をひらきました。

「……みんなにね、教《おし》えたいことがあるの。大人《おとな》にはひみつの話《はなし》よ」

思《おも》わせぶりにささやくと、向《む》こうにみえる、おおきな木《き》を指《ゆび》さします。

「あしたの朝九時《あさくじ》に、あの木《き》の下《した》にきてくれたら、全部話《ぜんぶはな》すわ」


次《つぎ》の朝《あさ》、ナッティ姫《ひめ》は、わくわくして早起《はやお》きしました。

お姉《ねえ》さまにたくされた、大切《たいせつ》な宝石箱《ほうせきばこ》をそっとひらきます。

きらめく四《よっ》つのジュエルの中《なか》でも、ナッティ姫《ひめ》がとくにときめくのはルビー。

赤《あか》くきらめくルビーを手《て》にとると、右手《みぎて》の小指《こゆび》にネイルアートします。

お姉《ねえ》さまとおそろいのジュエルをつければ、そばにいてくれているような気分《きぶん》。

（イザベラ姫《ひめ》たちと友情《ゆうじょう》でつながれるように、みまもっていてね、お姉《ねえ》さま）

ナッティ姫《ひめ》は、残《のこ》りの三《みっ》つが入《はい》った宝石箱《ほうせきばこ》とマニキュアを持《も》ち、うきうきと、お部屋《へや》を出《で》ました。

チューリップのゆれるお庭《にわ》を横《よこ》ぎり、朝《あさ》のさわやかな青空《あおぞら》をみあげます。

目《め》にうつるもの何《なに》もかもが、きらきらかがやいてみえました。

『ティアラ会《かい》』にとって記念《きねん》すべき、いい一日《いちにち》になりそうな予感《よかん》です！

6

ティアラ会《かい》

「みんな、おはよう！」

ごきげんなナッティ姫《ひめ》は、ロザリンド姫《ひめ》、イザベラ姫《ひめ》、アミーナ姫《ひめ》と約束《やくそく》の木《き》の下《した》で落《お》ちあうと、みんなをつれてお庭《にわ》のはずれへ向《む》かいました。

馬小屋《うまごや》のある広場《ひろば》と、カモが泳《およ》ぐ池《いけ》のまえを通《とお》りすぎ、お庭《にわ》の外《そと》へ出《で》て、車道《しゃどう》を横《よこ》ぎります。

「ここなら、だれにもきかれないわ」

すきとおった水《みず》がきらめく小川《おがわ》のほとりで四人《よにん》の王女《おうじょ》さまたちは、ないしょの話《はなし》をするために、顔《かお》を近《ちか》づけあいました。
ナッティ姫《ひめ》が、話《はな》しはじめます。
「みんなもことし〝デビュー〟よね？　わたしには姉《あね》がいてね、二年《にねん》まえに〝デビュー〟したとき、ほかの国《くに》の王《おう》女《じょ》さまと親《した》しくなって、友情《ゆうじょう》の活動《かつどう》をはじめたの。活動《かつどう》の名前《なまえ》は『ティアラ会《かい》』」

七《なな》つの約束《やくそく》をつくり、自分《じぶん》の国《くに》にいるときも、なやみを相談《そうだん》しあっていたこと。

行事《ぎょうじ》で会《あ》ったときには、大人《おとな》にひみつで冒険《ぼうけん》し、事件《じけん》を解決《かいけつ》していたこと……。

お姉《ねえ》さまにきいたひみつを、ゆっくりとていねいに説明《せつめい》していきます。

長《なが》い話《はなし》がひととおりおわったとき、ナッティ姫《ひめ》は思《おも》いきって、きりだしました。

「みんなも、わたしといっしょに『ティアラ会《かい》』の〝仲間《なかま》〟にならない？」

イザベラ姫《ひめ》のひとみが、くるんとおおきくなりました。

「大人《おとな》の手《て》をかりないなんて、かっこいいわ。わたし入《はい》りたい！」

「友情《ゆうじょう》の活動《かつどう》ってすてきね。だけど、わたしに冒険《ぼうけん》なんてできるかしら……」

ちょっぴり不安《ふあん》そうなアミーナ姫《ひめ》を、ナッティ姫《ひめ》ははげましました。

「冒険《ぼうけん》にそなえて、何《なに》かトレーニングをすれば、きんちょうしないかも！」

残《のこ》るロザリンド姫《ひめ》は……うでぐみをして、冷静《れいせい》な顔《かお》で考《かんが》えています。

「わたしは、もっとよく知《し》ってからでないと、お返事《へんじ》できないわ。ナッティ姫《ひめ》のここまでの話《はなし》だけでは、おもしろい活動《かつどう》かどうか、まだ判断《はんだん》できないもの」

『ティアラ会《かい》』の活動《かつどう》をすばらしいことと考《かんが》え、みんなもやる気《き》になってくれるものと思《おも》っていたナッティ姫《ひめ》は、ロザリンド姫《ひめ》の言葉《ことば》にむっとしました。

でも、やっぱりロザリンド姫《ひめ》にも参加《さんか》してほしくて、一生《いっしょう》けんめい説明《せつめい》します。

「わたしのおつきの女性《じょせい》のアリーだけは、ティアラ会《かい》のことを知《し》っていてね、冒《ぼう》険《けん》で役《やく》に立《た》つ、ニ・ン・ジ・ャのようなかっこいい動《うご》きを教《おし》えてくれるんだよ！」

そのとたん、ロザリンド姫《ひめ》のブルーのひとみが、きらりとかがやきました。

「それは興味深《きょうみぶか》いわ。わたし、ニンジャやミステリアスなことが大好《だいす》きなの」

こうしてついに、みんなが『ティアラ会《かい》』にくわわることになったのです！

「メンバーひとりひとりに『ティアラ会《かい》』のしるしのジュエルが用意《ようい》されてるの。ただのジュエルじゃないんだよ。右手《みぎて》の小指《こゆび》にネイルアートするとね……」
ナッティ姫《ひめ》は宝石箱《ほうせきばこ》をあけて、ハート形《がた》のジュエルをみんなにみせました。
「このジュエルをつけている人《ひと》どうしなら、遠《とお》くはなれていても、とどけたい心《こころ》の声《こえ》がつたえあえるようになるんだって！」

「すごいわ！　わたし、サファイアがいい」

真《ま》っ先《さき》にブルーのジュエルに手《て》をのばしたのは、ロザリンド姫《ひめ》でした。

「わたしはお気《き》に入《い》りのドレスとおそろいの、黄色《きいろ》のにしたいな。お願《ねが》い！」

イザベラ姫《ひめ》が選《えら》んだのは、イエロートパーズ。

最後《さいご》に残《のこ》ったエメラルドを、アミーナ姫《ひめ》がだいじそうに手《て》にとりました。

「とても美《うつく》しいジュエルね……大好《だいす》きな色《いろ》よ、ありがとう」

三人《さんにん》はさっそく、右手《みぎて》の小指《こゆび》にジュエルをネイルアートしあいます。

『ティアラ会《かい》』の四人《よにん》がそろった今《いま》なら、きっと魔法《まほう》もうまくいくことでしょう。

（みんなと『ティアラ会《かい》』ができてうれしい！　どんな冒険《ぼうけん》ものりこえようね）

ナッティ姫《ひめ》はそうつたえたくて、心《こころ》で強《つよ》く強《つよ》く念《ねん》じたのですが……あれれ？

小指《こゆび》のルビーは、ちっとも光《ひか》りません。

三人《さんにん》にも、ナッティ姫《ひめ》のメッセージは、さっぱりきこえていない様子《ようす》です。

「教《おし》えてもらったやりかたがまちがっているか、こわれているんじゃない？」

ロザリンド姫《ひめ》にずばっといわれて、またもや、むっとしてしまったときです。


ドドドドドドドー！


かみなりのような音《おと》とともに、黒《くろ》いおおきなかげがあらわれました！

ものすごい地《じ》ひびきに、ロザリンド姫《ひめ》が悲鳴《ひめい》をあげ、三人《さんにん》とも走《はし》りだします。

「ねえ！　待《ま》って！　あれは……」

黒《くろ》いかげの正体《しょうたい》に気《き》づいたナッティ姫《ひめ》がさけびましたが、耳《みみ》に入《はい》らないのか、王女《おうじょ》さまたちはふりかえりさえもしません。

「みんな！　黒《くろ》い馬《うま》が走《はし》ってきただけだよ。だいじょうぶだから！」

ロザリンド姫《ひめ》、イザベラ姫《ひめ》、アミーナ姫《ひめ》……。

お城《しろ》へかけていく三人《さんにん》のすがたが、あっというまに遠《とお》ざかっていきます。

ドドドドド……　ヒヒ――ン。

ナッティ姫《ひめ》は、ひとり、地《じ》ひびきの中《なか》へとりのこされてしまいました。

「どきなさい！　ここは馬《うま》が走《はし》る場所《ばしょ》よ！」

黒《くろ》い馬《うま》にのっていた女性《じょせい》にどなられて、ナッティ姫《ひめ》は身《み》をちぢめます。

けれど、心《こころ》がずっしりと重《おも》いのは、しかられたせいではありません。

勇《ゆう》かんな王女《おうじょ》さまだと思《おも》っていたロザリンド姫《ひめ》たちが、自分《じぶん》がとめるのもきかず、ばらばらににげていってしまったことが、ショックだからです。

（もう〝仲間《なかま》〟だと思《おも》ってたのに……。チームワークはどうでもいいの……？）

ナッティ姫《ひめ》は、みんなと自分《じぶん》の心《こころ》のきょりを感《かん》じていました。

7

がっかりな気持《きも》ち

お城《しろ》へもどると、ランチタイムでしたが、なんだか食《しょく》よくもわきません。

（〝仲間《なかま》〟にする相手《あいて》をまちがえたのかな？　ひみつを話《はな》してしまったりして、わたし……あせりすぎたの？）

考《かんが》えるほどに、心《こころ》はしずみます。

「ナッティ、どうかしましたか？」

お母《かあ》さまが、いつもとちがう、おとなしいナッティ姫《ひめ》におどろいています。

うまく説明《せつめい》できないままランチがおわると、ソフィア女王《じょおう》がことし〝デビュー〟する王女《おうじょ》さまと王子《おうじ》さまを集《あつ》めて、あしたの大舞踏会《だいぶとうかい》の説明《せつめい》をはじめました。

今回《こんかい》は、ワルツなどでおどる伝統的《でんとうてき》なダンスのまえに、王女《おうじょ》さまや王子《おうじ》さまが何人《なんにん》かのグループになり、自分《じぶん》たちで考《かんが》えたダンスを発表《はっぴょう》する時間《じかん》があるそう。

女王《じょおう》はよりにもよって、ナッティ姫《ひめ》を、イザベラ姫《ひめ》、アミーナ姫《ひめ》、ロザリンド姫《ひめ》のグループに入《い》れました。

（うわぁ、さっきのこともあるし、気《き》まずいよ……）

何《なに》も知《し》らないソフィア女王《じょおう》は、楽《たの》しそうにつづけます。

「王子《おうじ》さまのグループと手《て》をつないでおどるのもＯＫ《オーケー》よ。きっとすてきだわ！」

「やだぁ！」「いやです！」

思《おも》わずさけんでしまったナッティ姫《ひめ》の声《こえ》と、ロザリンド姫《ひめ》の声《こえ》がそろいました。

「失礼《しつれい》しました、陛下《へいか》。王子《おうじ》さまだけのほうがうまくいくんじゃないかと……」

ナッティ姫《ひめ》があわてて、しどろもどろのいいわけをしていると、ロザリンド姫《ひめ》と目《め》があいました。

（女《おんな》の子《こ》だけのほうがもりあがるもん。ね？　ロザリンド姫《ひめ》！）

仲《なか》よくなれるか疑問《ぎもん》だったロザリンド姫《ひめ》とも、実《じつ》は、気《き》があいそうです。

ダンスのレッスン室《しつ》へ移動《いどう》すると、三人《さんにん》の王女《おうじょ》さまの目《め》が、こちらへ向《む》きます。

「さっきはおいてけぼりにして、ごめんなさい……」

「わたし、まだ『ティアラ会《かい》』の活動《かつどう》をしたいと思《おも》っているんだけど……いい？」

「魔《ま》法《ほう》のジュエルのことも、ほんとうは信《しん》じてるんだ」

その顔《かお》は、心《こころ》からおわびし、〝仲間《なかま》〟になりたいと願《ねが》っているようにみえます。

（みんな……『ティアラ会《かい》』をだいじに思《おも》ってくれていたのね）

ナッティ姫《ひめ》は、三人《さんにん》のことを〝仲間《なかま》〟じゃないのかもしれないと、少《すこ》しでもうたがってしまった自分《じぶん》を、はずかしく感《かん》じました。

こんなにまっすぐにあやまれるなんて、とても勇気《ゆうき》があるしょうこです。

（こわがりな王女《おうじょ》さまたちと思《おも》ってたけど、やっぱり〝仲間《なかま》〟だったのね！）

ナッティ姫《ひめ》は前向《まえむ》きになろうと、三人《さんにん》に笑《わら》いかけます。

「気《き》にしてないわ！　さあ、ダンスの練習《れんしゅう》だよ。どんな曲《きょく》でおどろうか？」

クラシックな舞踏会《ぶとうかい》でおどるにはかなりだいたんですが、大好《だいす》きな最新《さいしん》のポップミュージックを流《なが》してみます。

「まあ！　わたしもこの曲《きょく》、リズムがよくて大好《だいす》きよ。気《き》があうわね」

イザベラ姫《ひめ》とのすてきなぐうぜんを記念《きねん》して、みんなでこの曲《きょく》に決定《けってい》！

アリーがこのダンスにあったシューズを用意《ようい》してくれるまでの間《あいだ》は、ヒールをぬいで、はだしでとびはねて練習《れんしゅう》です。

テンポのよい音楽《おんがく》で、ふりつけの案《あん》も、どんどんうかんできて……。

「おどったら暑《あつ》くなっちゃった！　まどをあけるね」

「ちがう！　夜《よる》十二《じゅうに》時《じ》に
馬《うま》小《ご》屋《や》集合《しゅうごう》といったでしょう！」

女性《じょせい》のかん高《だか》いおこった声《こえ》が、さわやかな風《かぜ》を入《い》れたと同時《どうじ》に、下《した》からきこえてきて、ナッティ姫《ひめ》は思《おも》わずのぞきこみました。

「車《くるま》は川《かわ》ぞいにとめなさいと何度《なんど》いえばわかるの。忘《わす》れないで！」

「はいぃっ、スリーデン夫人《ふじん》！　おおせのとおりに」

使用人《しようにん》らしき男性《だんせい》に「スリーデン夫人《ふじん》」とよばれた女性《じょせい》は、けさ、黒《くろ》い馬《うま》にまたがって走《はし》ってきた人《ひと》でしたが……。

「ソフィア女王《じょおう》の馬《うま》は、質《しつ》のいい競走馬《きょうそうば》ばかり。一頭《いっとう》でも多《おお》くつみこむのよ！」

真夜中《まよなか》に馬小屋《うまごや》へいき「一頭《いっとう》でも多《おお》くつみこむ」とは、なにやらあやしい話《はなし》？

「ねえ、あの人《ひと》たち……ソフィア女王《じょおう》の馬《うま》をぬすもうとしてるんじゃ……？」

まゆをひそめるイザベラ姫《ひめ》に、アミーナ姫《ひめ》もふるえながら、うなずいています。

「ソフィア女王《じょおう》は、競馬《けいば》レース用《よう》のとてもすぐれた馬《うま》を、たくさん育《そだ》てているそうよ。ちいさな子馬《こうま》も、いずれレースに出《で》るっていっていたわ。ぬすんで売《う》ったとしたら、ものすごいお金《かね》になるんじゃないかしら……」

ナッティ姫《ひめ》は、かわいいトゥインクルを思《おも》いうかべ、頭《あたま》に血《ち》がのぼりました。

「馬《うま》たちがあぶないって、ソフィア女王《じょおう》にいいにいく！」「わたしもいくわ！」

「ナッティ姫《ひめ》、ロザリンド姫《ひめ》！　もっとよく、確《たし》かめてからにしたほうが……」

アミーナ姫《ひめ》の声《こえ》も耳《みみ》に入《はい》らず、シューズをはくのも忘《わす》れ、とびだしました。

8

女王《じょおう》のところへ

必死《ひっし》な顔《かお》でパタパタと大階段《だいかいだん》をくだるナッティ姫《ひめ》とロザリンド姫《ひめ》のあとを、アミーナ姫《ひめ》たちがおいかけています。

四人《よにん》は、ソフィア女王《じょおう》のいる大広間《おおひろま》へ向《む》かいました。

女王《じょおう》は〝玉座《ぎょくざ》〟という、国《くに》のあるじ用《よう》のりっぱないすにすわっています。

「ソフィア女王《じょおう》、たいへんです！　馬《うま》小屋《ごや》にいる、馬《うま》のことでお話《はなし》が……」

無我夢中《むがむちゅう》のナッティ姫《ひめ》は、ていねいにおじぎするのも忘《わす》れて、うったえました。

ちょうど、王子《おうじ》さまたちのダンスの練習《れんしゅう》をみているところだった女王《じょおう》は、けげんな顔《かお》をし、ぼうしのブドウをふるわせながら、玉座《ぎょくざ》から立《た》ちあがります。

「なんというすがたなの！　王女《おうじょ》として、あるまじきことです！」

きびしい口調《くちょう》で注意《ちゅうい》され、ようやく自分《じぶん》たちのかっこうに気《き》づきました。

はだしなうえに、おどって走《はし》った勢《いきお》いで、髪《かみ》もぐしゃぐしゃにみだれています。

「申《もう》しわけありません。ダンスの練習《れんしゅう》ちゅうにきたもので……それより馬《うま》が！」

「いいわけ無用《むよう》！　礼儀《れいぎ》をわきまえない王女《おうじょ》の話《はなし》を、きくつもりはありません」

……。ナッティ姫《ひめ》たちはかえす言葉《ことば》もなく、かたを落《お》としました。

（お姉《ねえ》さまぁ……わたし、大失敗《だいしっぱい》してしまったわ。アリーやお姉《ねえ》さまに「よく考《かんが》えて行動《こうどう》しなさい」ってアドバイスされていたのに……）

いつも子《こ》どもあつかいされる、とすねずに、すなおに注意《ちゅうい》をきくべきでした。

さて、大広間《おおひろま》から、すごすごとダンスのレッスン室《しつ》へもどった王女《おうじょ》さまたちは、ソフィア女王《じょおう》の力《ちから》はかりずに、自分《じぶん》たちだけで馬《うま》をすくう作戦《さくせん》を立《た》てました。

♪カッコウ　カッコウ……ナッティ姫《ひめ》のお部屋《へや》の時計《とけい》が夜十一時《よるじゅういちじ》を知《し》らせます。

スリーデン夫人《ふじん》が馬小屋《うまごや》へいくといっていた時間《じかん》は、真夜中《まよなか》の十二時《じゅうにじ》。

四人《よにん》は、その時間《じかん》にあわせて馬小屋《うまごや》へいくことに決《き》めていました。

やがて……十一時《じゅういちじ》四十五分《よんじゅうごふん》、ナッティ姫《ひめ》は、懐中電灯《かいちゅうでんとう》を持《も》ってそっと大階段《だいかいだん》をおり、ロザリンド姫《ひめ》たち三人《さんにん》と合流《ごうりゅう》すると、真夜中《まよなか》のお庭《にわ》へかけだしました。

ところが、「きゃあぁっ！」

いきなりイザベラ姫《ひめ》が、植木《うえき》ばちにつまずいています。

アミーナ姫《ひめ》は、真夜中《まよなか》の行動《こうどう》がこわいのか、口《くち》もとがふるえています。

（ああ、このメンバーで、お姉《ねえ》さまたちのように動物《どうぶつ》を守《まも》れるのかしら……）

チームワークへの不安《ふあん》が、ふたたびナッティ姫《ひめ》の心《こころ》にちらつきました。

「え…トゥインクルはどこ……？」

「まだ十二時《じゅうにじ》まえなのに……スリーデン夫人《ふじん》は、予定《よてい》より早《はや》くきたんだわ！」

馬小屋《うまごや》へ着《つ》いた四人《よにん》は、思《おも》わずうなりました。

ベージュ色《いろ》の馬《うま》も、子馬《こうま》のトゥインクルも、みあたりません。

ほかにも、何頭《なんとう》かの馬《うま》がつれていかれてしまったようです。

「たしか川《かわ》ぞいに車《くるま》をとめるよう、命令《めいれい》していたわね。いってみようよ」

ナッティ姫《ひめ》のかけ声《ごえ》で、みんなは暗《くら》やみの中《なか》を、小川《おがわ》めざして走《はし》ります。

ヒヒ――――ンッ
馬《うま》の声《こえ》がきこえてきました。

「いたわ！　やっぱり馬《うま》をぬすんだんだ！」

たづなを強《つよ》くひっぱられ、いやがってい
る馬《うま》をみて、ナッティ姫《ひめ》は確信《かくしん》します。
すると、ロザリンド姫《ひめ》が
「わたしが、夫人《ふじん》たちの気《き》をひくわ！」
といって、勇《ゆう》かんに走《はし》りだし……遠《とお》くでガ
シャン！と、音《おと》を立《た》てました。
びくっとしたスリーデン夫人《ふじん》たちが、音《おと》
のしたほうへ確《たし》かめにいったすきに、ナッ
ティ姫《ひめ》たちは、どんどん馬《うま》をおろします。

なだめながら、少《すこ》しはなれたところへつれていくと、

「車《くるま》がからっぽだとばれたら、まずいわ」

アミーナ姫《ひめ》が気《き》づき、みんなは小川《おがわ》から岩《いわ》をはこんで、馬《うま》のかわりにつみこむことにしました。

つめたい水《みず》にドレスがぬれますが、かまいません。

（急《いそ》ごう！　トゥインクルたちを守《まも》るために）

強《つよ》い気持《きも》ちのせいか、いつもなら持《も》ちあげられないような重《おも》い岩《いわ》も、次《つぎ》つぎにリレーしていけました。

チームワークばつぐんで、最後《さいご》にドアをしめます。

やがて、車《くるま》へもどってきたスリーデン夫人《ふじん》たちは、馬《うま》が岩《いわ》にすりかわっていることにも気《き》づかずに、大急《おおいそ》ぎでエンジンをかけてさっていったのでした。

あわてた様子《ようす》のピーターが、馬小屋《うまごや》の入《い》り口《ぐち》にいるのがみえます。

手《て》わけして、馬《うま》たちをつれていき、スリーデン夫人《ふじん》の悪事《あくじ》を説明《せつめい》すると、足《あし》をふみならしておこりだしました。

「あいつは！　いつも馬《うま》を強《つよ》くたたくから、きらいだったんだ！」

ピーターがえさをとりにいっている間《あいだ》に、四人《よにん》は、馬《うま》たちが落《お》ちつくように声《こえ》をかけたり、たてがみにブラシをかけたり、心《こころ》をつくしてお世話《せわ》をします。

ナッティ姫《ひめ》はとってもうれしくなりました……みんながひとつの気持《きも》ちで行動《こうどう》するこの感《かん》じこそ、お姉《ねえ》さまにきいた『ティアラ会《かい》』の〝仲間《なかま》〟なのです！

最初《さいしょ》は、人《ひと》を攻撃《こうげき》するこわい子《こ》に思《おも》えたロザリンド姫《ひめ》が、くったくなく笑《わら》っていて、ひっこみじあんに思《おも》えたアミーナ姫《ひめ》は、どうどうと自信《じしん》にみちた顔《かお》をしていて、あわてんぼうのイザベラ姫《ひめ》は……あれから一度《いちど》もつまずいていません！

ふと、右手《みぎて》の小指《こゆび》をみると、ハート形《がた》のルビーが「そう、今《いま》だよ」と教《おし》えてくれるかのように、きらりと光《ひか》りました。

（ロザリンド姫《ひめ》、アミーナ姫《ひめ》、イザベラ姫《ひめ》。きこえますか？　みんなと出会《であ》えてよかった。これから先《さき》もずっと『ティアラ会《かい》』の〝仲間《なかま》〟でいたいな……）

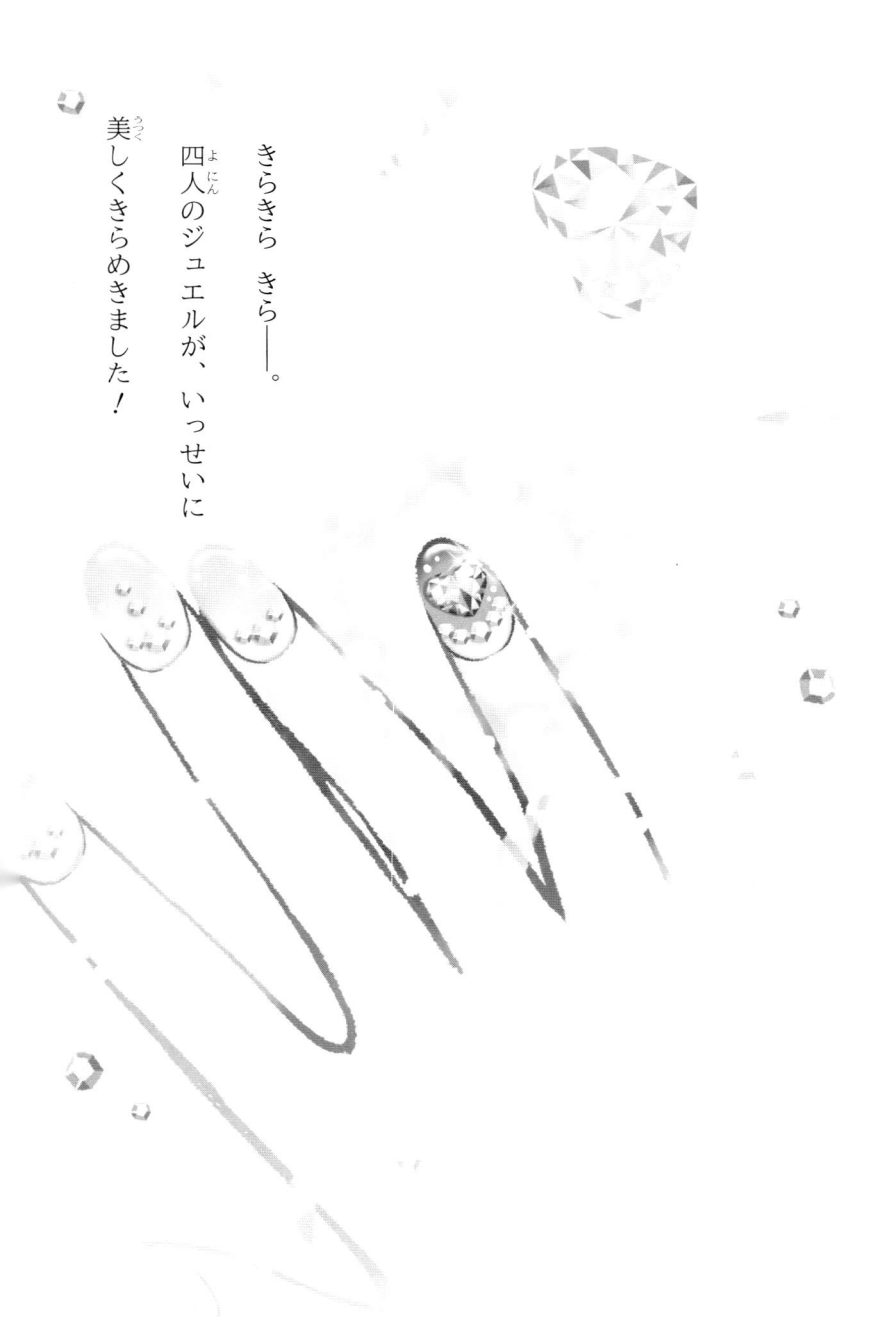

きらきら　きら――。
四人《よにん》のジュエルが、いっせいに
美《うつく》しくきらめきました！

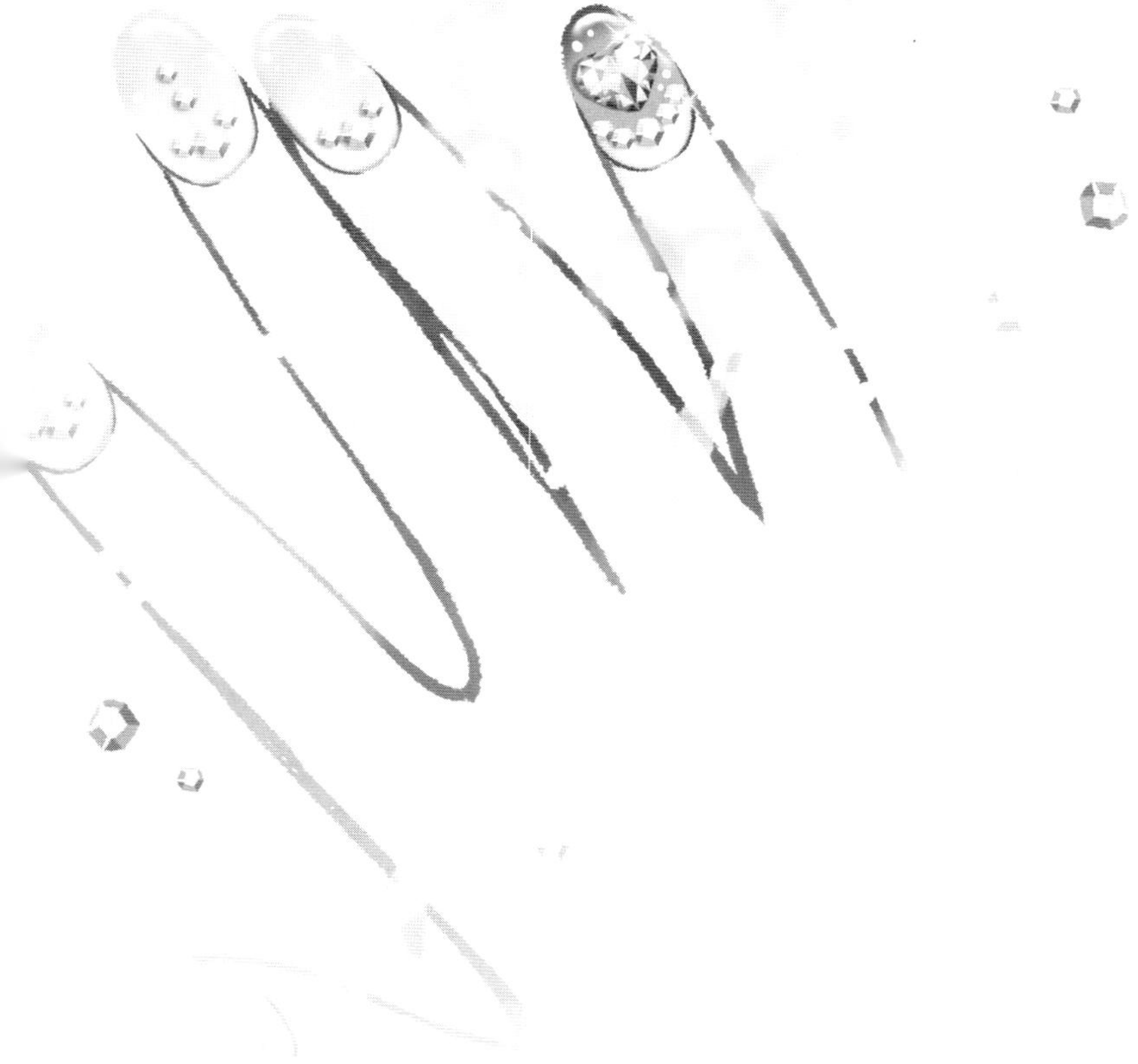

赤《あか》、青《あお》、緑《みどり》、黄色《きいろ》……光《ひかり》がまざりあい、
虹《にじ》のようなかがやきとともに、友情《ゆうじょう》の魔法《まほう》がかかったのです。

「……今《いま》、ナッティ姫《ひめ》の声《こえ》が、はっきりきこえたわ！」

ロザリンド姫《ひめ》がさけび、アミーナ姫《ひめ》とイザベラ姫《ひめ》も、おおきくうなずきました。

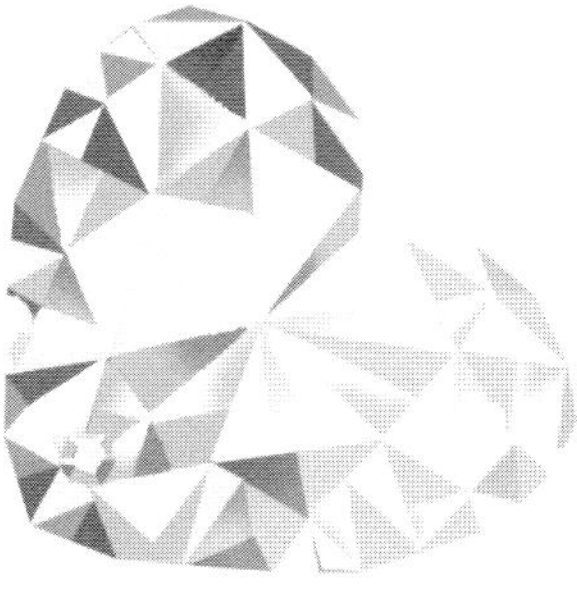

お姉《ねえ》さま
これがジュエルの
魔《ま》法《ほう》なのね？
わたしにも
ついに

心《こころ》と心《こころ》が
つながった
〝仲間《なかま》〟が
できたよ……！

「やったね、みんな！　トゥインクルたちを無事《ぶじ》に助《たす》けられたのも、岩《いわ》を持《も》ちあげられたのも、この魔法《まほう》のジュエルのおかげかしら」

ナッティ姫《ひめ》がみんなにだきつくと、イザベラ姫《ひめ》が笑《わら》いました。

「ううん。ジュエルだけの力《ちから》じゃないわ、このチームワークのおかげよ」

出会《であ》ったばかりのころは、三人《さんにん》のことが、まだよくわかりませんでした。けれど、いっしょに事件《じけん》を解決《かいけつ》する中《なか》で、みんなの意外《いがい》ないいところが少《すこ》しずつみえてきて、〝仲間《なかま》〟の力《ちから》を信《しん》じることができるようになりました。

そして、心《こころ》と心《こころ》が通《つう》じあった、ひとつのチームになったのです！

9

“デビュー”本番《ほんばん》

冒険《ぼうけん》をおえた四人《よにん》は、ナッティ姫《ひめ》のお部屋《へや》で朝食《ちょうしょく》をいただきました。

アリーがはこんでくれた、ストロベリーのミルクシェイクは最高《さいこう》！

きょうは、大舞踏会本番《だいぶとうかいほんばん》です。

「ねえ、ダンスの衣《い》しょうは、女王《じょおう》のぼうしの色《いろ》とおそろいにする？」

ロザリンド姫《ひめ》のじょうだんに、クスクス笑《わら》いながらドレスメイクルームへ。

きのうのうちに、アリーが用意《ようい》してくれた山《やま》ほどのドレスは、ファッションが大好《だいす》きなソフィア女王《じょおう》のコレクションの中《なか》から、選《えら》ばせていただいたもの。

大舞踏会《だいぶとうかい》での〝デビュー〟をインパクトたっぷりにかざる一着《いっちゃく》を、あれこれためしてみるのも、〝仲間《なかま》〟といっしょなら、ますます心《こころ》おどります。

ナッティ姫《ひめ》が選《えら》んだドレスは、テンポのはやい、元気《げんき》な曲《きょく》にぴったりです。

きらきら光《ひか》る
金色《きんいろ》の布《ぬの》を
くみあわせたドレス

曲《きょく》のイメージに
よくあう
軽《かろ》やかなシルエット

いつものドレスとはちがうふんいきのデザインが着《き》られてうれしいな！
前髪《まえがみ》は両《りょう》サイド編《あ》みこみ♪カールもスペシャル
ジャズダンス用《よう》の黒《くろ》いシューズ

階段《かいだん》をおりて会場《かいじょう》の大広間《おおひろま》へ入《はい》ると、すでに、正式《せいしき》な儀式用《ぎしきよう》のマントやドレスを身《み》にまとった王《おう》さまや王妃《おうひ》さまたちが、観客席《かんきゃくせき》にすわっていました。

ブルーのターバンをまいた王《おう》さまが、ソフィア女王《じょおう》にたずねます。

「陛下《へいか》、スリーデン夫人《ふじん》がいらっしゃらないようですね。さがしましょうか？」

すると、女王《じょおう》はけわしい顔《かお》つきにかわり、きっぱりとことわりました。

「いいえ、その必要《ひつよう》はありません。馬《うま》の世話係《せわがかり》の少年《しょうねん》から、スリーデン夫人《ふじん》が、わたくしの馬《うま》をむちで強《つよ》くたたいたうえに、あろうことか、ぬすもうとしていたとの報告《ほうこく》があったのです。二度《にど》とこの城《しろ》へくることのないよう、命《めい》じました」

ナッティ姫《ひめ》は、大人《おとな》たちにきこえないよう、王女《おうじょ》さまたちにささやきました。

「ピーターがつたえてくれたのね、ナイスだわ！　これでもう安心《あんしん》だね」

四人《よにん》はほっとした顔《かお》で、ほほえみあいます。

「さあ、大舞踏会《だいぶとうかい》をはじめましょう。ごあいさつがわりに、ダンスをひろうしてくださる王女《おうじょ》さま、王子《おうじ》さまにはく手《しゅ》を！」

ソフィア女王《じょおう》が高《たか》らかに宣言《せんげん》し、ナッティ姫《ひめ》たちの出番《でばん》がやってきます。

「わたくしたちが選《えら》んだのは、最新《さいしん》のポップミュージックです」

ナッティ姫《ひめ》は、女王《じょおう》に気《き》に入《い》ってもらえるか、ドキドキしていました。

「最新《さいしん》ですって？　すばらしいわね！　わたしは新《あたら》しい文化《ぶんか》が大好《だいす》きなのよ」

ワントゥー
スリーフォー！

アップテンポな
リズムにあわせて
ステップ&《アンド》ターン。

シュワシュワはじける
ソーダのように、
ドレスのすそもふりふり
はずむ、軽《かろ》やかなダンスです。

ナッティ姫《ひめ》たちは、観客《かんきゃく》からわれんばかりのはく手《しゅ》かっさいをあびました。

ダンスのあとの、ひざを曲《ま》げるおじぎも、みんなそろって完《かん》ぺき。

四人《よにん》の王女《おうじょ》さまたちは、世界《せかい》じゅうの王《おう》さまや王妃《おうひ》さまに知《し》っていただく〝デビュー〟の場《ば》に、みごと新《あたら》しい風《かぜ》をふきこんだのです。

ナッティ姫《ひめ》たちのあとのグループは、バレエやタップダンスとつづきました。

グループわけのときにまとめられそうになった、王子《おうじ》さまたちは、ホーンパイプダンスという、うでをくみ、片足《かたあし》でとぶ、ゆかいなダンスをひろうしています。

王女《おうじょ》さまと王子《おうじ》さまのダンスが全部《ぜんぶ》おわると、大人《おとな》たちのおしゃべりの時間《じかん》。

そのすきに、四人《よにん》の王女《おうじょ》さまはお庭《にわ》へとびだし、馬小屋《うまごや》へあそびにいきます。

トゥインクルのすべすべの鼻《はな》をやさしくなでながら、ナッティ姫《ひめ》は、アミーナ姫《ひめ》、イザベラ姫《ひめ》、ロザリンド姫《ひめ》との出会《であ》いを思《おも》いかえしていました。

(お姉《ねえ》さま。わたし第一印象《だいいちいんしょう》ではみんなと〝仲間《なかま》〟になれると思《おも》ってなかった)

黒《くろ》い馬《うま》があらわれ、心《こころ》がみんなとはなれたこともありました。

真夜中《まよなか》の冒険《ぼうけん》のとちゅうで、チームワークに不安《ふあん》を感《かん》じたこともありました。

心《こころ》と心《こころ》が通《つう》じあうのは、想像以上《そうぞういじょう》にむずかしいことだったのです。

けれども、力《ちから》をあわせて進《すす》んでいくうちに、第一印象《だいいちいんしょう》や少《すこ》しのやりとりではわからなかった、みんなのいいところも、発見《はっけん》することができました。

(最初《さいしょ》の印象《いんしょう》だけで「こういう子《こ》」と決《き》めつけて、仲《なか》よくなるのをやめていたら、ほんとうの〝仲間《なかま》〟にはなれなかったかも……)

イザベラ姫《ひめ》、アミーナ姫《ひめ》、ロザリンド姫《ひめ》、そしてもちろんナッティ姫《ひめ》自身《じしん》にも、得意《とくい》なことと不得意《ふとくい》なこと、いいところと、こまったところがあります。

よく知《し》るまえに「わたしとはあわない」と思《おも》いこんでいては、すてきな運命《うんめい》の出会《であ》いを、みのがしてしまったかもしれないのです。

相手《あいて》のことを信《しん》じ、おたがいをみとめあうこと。

(それが、かわいくて、かしこくて、勇気《ゆうき》ある女《おんな》の子《こ》たちが、心《こころ》と心《こころ》で通《つう》じあう〝仲間《なかま》〟になっていくためにかかせない大切《たいせつ》なこと……そうよね、お姉《ねえ》さま!)

ナッティ姫《ひめ》が右手《みぎて》をさしだすと、おなじように三《みっ》つの右手《みぎて》がさしだされます。

「わたしたち四人《よにん》、これから『ティアラ会《かい》』のはじまりだね！」

四《よっ》つのジュエルが、みんなの小指《こゆび》で、きらりと明《あか》るくかがやきました。

ナッティ姫《ひめ》が『ティアラ会《かい》』の〝仲間《なかま》〟をみつけるお話《はなし》は、これでおしまい。

このあと四人《よにん》は、レトロな赤《あか》レンガの館《やかた》や、美《うつく》しいトロピカル・フォレスト、アミーナ姫《ひめ》のお城《しろ》の結婚式《けっこんしき》などで再会《さいかい》し、友情《ゆうじょう》を深《ふか》めていくのですが……。

それはまた、ほかの巻《かん》でのお楽《たの》しみに。

強《つよ》さも弱《よわ》さも
全部《ぜんぶ》うけとめて
相手《あいて》を好《す》きに
なってみようよ

みとめあうって　すてきなこと

〝仲間《なかま》〟と
心《こころ》が通《つう》じあう
感動《かんどう》のときを　信《しん》じて――

ティアラ会《かい》の
自己《じこ》しょうかいや
お話《はなし》は
いかがでしたか？

最後《さいご》におまけ！
わたしが主人公《しゅじんこう》の巻《かん》のお話《はなし》
「舞踏会《ぶとうかい》とジュエルの約束《やくそく》」
のマンガ版《ばん》です

舞踏会《ぶとうかい》で
“デビュー”の
ごあいさつをした
ときの物語《ものがたり》なのよ

舞踏会《ぶとうかい》デビュー！
舞踏会《ぶとうかい》での“デビュー”は
王女《おうじょ》にとって一大《いちだい》イベント！
ドキドキしてばかりも
いられなくて…。

あっ
みえてきたわ
ミストバーグのお城《しろ》よ！
馬車《ばしゃ》から身《み》をのりだしてはいけません
ユリア
はい…お母《かあ》さま
リッディングランド王国《おうこく》
ユリア姫《ひめ》

ガラガラ
舞踏会《ぶとうかい》でごあいさつをする年《とし》ごろになったのですから
リッディングランド王国《おうこく》の第一王女《だいいちおうじょ》として
ふさわしいふるまいを
つねに心《こころ》がけるのですよ
はい…
わたしはユリア
これからはじまる春《はる》の大舞踏会《だいぶとうかい》で
おない年《どし》の王女《おうじょ》さまたちと
成長《せいちょう》したすがたを世界《せかい》の王族《おうぞく》がたにおひろめするのです

あさって
本番《ほんばん》をむかえる王女《おうじょ》さまがたごきげんよう
舞踏会《ぶとうかい》でのマナーやダンスなどそれぞれのお国《くに》で練習《れんしゅう》なさってきたことをおさらいしてみましょう
はい 先生《せんせい》
オニカ王国《おうこく》
ジャミンタ姫《ひめ》
ウンダラ王国《おうこく》
ルル姫《ひめ》
ウィンテリア王国《おうこく》
クララベル姫《ひめ》

わあ
みなさん とても 落《お》ちついて いるみたい
舞踏室《ぶとうしつ》へ 入《はい》るときは
指先《ゆびさき》をそろえて
どうどうとして 完《かん》ぺきだわ…
わたしは お母さまから 注意されてばかり
エスコートの 王子《おうじ》さまが手《て》を さしだされたら… そうです
目線《めせん》だけ 少《すこ》し上《うえ》めに
たおやかに

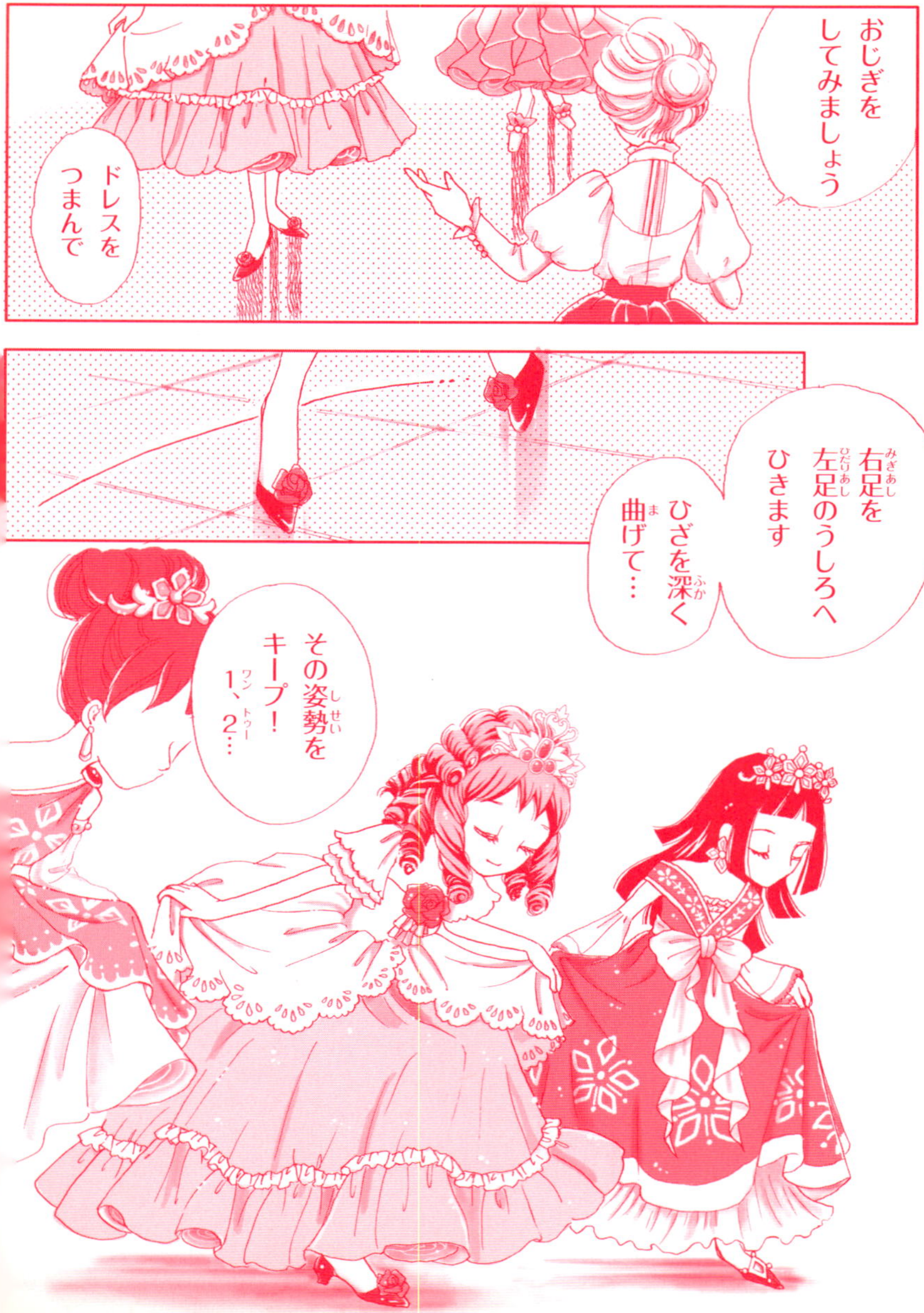
おじぎをしてみましょう
ドレスをつまんで
右足《みぎあし》を左足《ひだりあし》のうしろへひきます
ひざを深《ふか》く曲《ま》げて…
その姿勢《しせい》をキープ！1《ワン》、2《トゥー》…

たいへん けっこう です
ホッ
よかった ちゃんと できて
足《あし》がいたく なりそう
あとでアリーに シューズを 調整《ちょうせい》して もらおう
コロン
あっ
ユリア…
お母《かあ》さま！

王妃《おうひ》さまがたのまえではずかしい…
お母《かあ》さまがっかりされたかしら
どうしましたユリア
食《しょく》よくがありませんか
いいえお母《かあ》さま
少《すこ》しきんちょうしているだけです
あらあら…おいしくめしあがれ
お食事《しょくじ》のときは笑顔《えがお》をたやさずにね
王女《おうじょ》としての礼儀《れいぎ》ですよ

はい…
王女《おうじょ》として…王女《おうじょ》らしく…
わかっているけれど
プレッシャーに おしつぶされそう―――…
ディナーはいかがでしたか
お部屋《へや》にホットチョコレートをお持《も》ちしましょう
アリー
ユリア姫《ひめ》ですね？はじめまして

フィニア王国《おうこく》のオラフです
カラチア王国《おうこく》のジョージです
ラタスタン王国《おうこく》のデニッシュです
ぼくはリープランド王国《おうこく》のサミュエル
ぼくたちも今回《こんかい》が〝デビュー〟なんです
すっ
どうぞ よろしく

こちらこそ——…
よろしくお願《ねが》いします
王子《おうじ》さまがた親《した》しそうですね
以前《いぜん》からお知《し》りあいなんですか?
いいえ
ここに着《つ》いて知《し》りあったばかりです
でもおなじ年《とし》ごろの王族《おうぞく》どうし
わかりあえるところが多《おお》くて
すぐにうちとけました

正直《しょうじき》…きゅうくつなお城《しろ》の生活《せいかつ》とか
まわりからは注目《ちゅうもく》されて親《おや》からは期待《きたい》され…
わかっているけれどときどきちょっとなぁ…な気持《きも》ちとか
まあ…
わかりますわたくしも…ときどき
どうして王女《おうじょ》になんて生《う》まれたんだろうって

にこっ
ぼくは こう考《かんが》えてみることにしたんです
「どうして王子《おうじ》に生《う》まれたんだろう」じゃなく
「どんな王子《おうじ》でいたいか」…って
舞踏会《ぶとうかい》はそれを大人《おとな》にごらんいただく第一歩《だいいっぽ》

姫君《ひめぎみ》
いっしょに大舞台《だいぶたい》に立《た》つ王子《おうじ》として心《こころ》をこめてエスコートします
ぼくたちの〝デビュー〟を
最高《さいこう》の夜《よる》にしませんか?

どんな王女《おうじょ》で　いたいか——……
今《いま》までそんなふうに考《かんが》えたこと　なかった——……
アリー

ドレスメイク
ルームに
いってくるわ
わたし…
うけ身《み》でばかり
考《かんが》えてた
大人《おとな》のいいつけや
しきたりに
したがうことで
頭《あたま》がいっぱいだった

〝デビュー〟のために
お母《かあ》さまが
ととのえてくれた
ドレス

ふわ…
わたしらしさを
生《い》かすようにと
国《くに》じゅうをさがして
よいものを
選《えら》んでくれたのね…

舞踏会《ぶとうかい》

一人《いちにん》まえの
王女《おうじょ》として
はじめて 王族《おうぞく》がたに
ごあいさつするのよ
——……
どんなわたしを
みていただきたい？

リッディングランド
王国《おうこく》の
第一王女《だいいちおうじょ》として
そして女《おんな》の子《こ》として

出会《であ》いと
はじまりを
大切《たいせつ》にする
——……

そんな今《いま》の わたしらしさを みせたいな――……

まあ ユリア姫《ひめ》 いらしたの!?
ルル姫《ひめ》!?
わたし… 舞踏会《ぶとうかい》のこと 考《かんが》えると 落《お》ちつかなくて…
えっ わたしもよ!

木《き》のぼりとか
宙《ちゅう》がえりは
得意《とくい》だけど
ダンスや
ごあいさつは
あまり…
それでね
本番用《ほんばんよう》のドレスに
この香水《こうすい》の
かおりを
つけようと思《おも》って
いいかおり!
わたしの国《くに》に
つたわる
花《はな》のかおりで
きんちょうが
ほぐれるの
ユリア姫《ひめ》の
ドレスにも
いかが?
うれしい!
ありがとう
あら?

何《なに》かしら
まどの外《そと》に光《ひかり》が…
あれは…
ジャミンタ姫《ひめ》！
もうひとつ光《ひかり》がみえるわ

クララベル姫《ひめ》だわ！
あら？
ユリア姫《ひめ》ルル姫《ひめ》！ごいっしょだったのね

ええ ドレスメイクルームにいたのよ そうしたら
おふたりのティアラが光《ひか》っているのがみえて
まあ みえた？ 光《ひか》ってたのね
すごいわ ジャミンタ姫《ひめ》
これで きっと だいじょうぶ
えーっ どういうこと？ 何《なに》をしてらしたの
ジャミンタ姫《ひめ》が星《ほし》の光《ひかり》を
ティアラのジュエルの中《なか》に集《あつ》めてくださったの

星《ほし》の光《ひかり》？そんなことができるの？
わたしの国《くに》につたわる宝石《ほうせき》のおまじないよ
“デビュー”をまえにクララベル姫《ひめ》が不安《ふあん》そうなご様子《ようす》だったから
星《ほし》のパワーで元気《げんき》づけてさしあげようと
っていうか
ほんとうは自分自身《じぶんじしん》もはげましたかったのよね
おどろいた！ジャミンタ姫《ひめ》もおなじなのね
実《じつ》は…
ルル姫《ひめ》とわたしもきんちょうするねって話《はな》していたの

でもだいじょうぶ　きっと　この
プレッシャーをのりこえられるよね…！
ジュエルにやりとげる気持《きも》ちを集《あつ》めておきましょう
わたしたちの中《なか》にはきっと
やりぬく力《ちから》があるはず…

かがやくティアラが
わたしたちをささえてくれるはず
そしていよいよ舞踏会《ぶとうかい》の晩《ばん》
オニカ王国《おうこく》ジャミンタ姫《ひめ》
ウィンテリア王国《おうこく》クララベル姫《ひめ》

リッディングランド王国《おうこく》ユリア姫《ひめ》――
ホウッ！

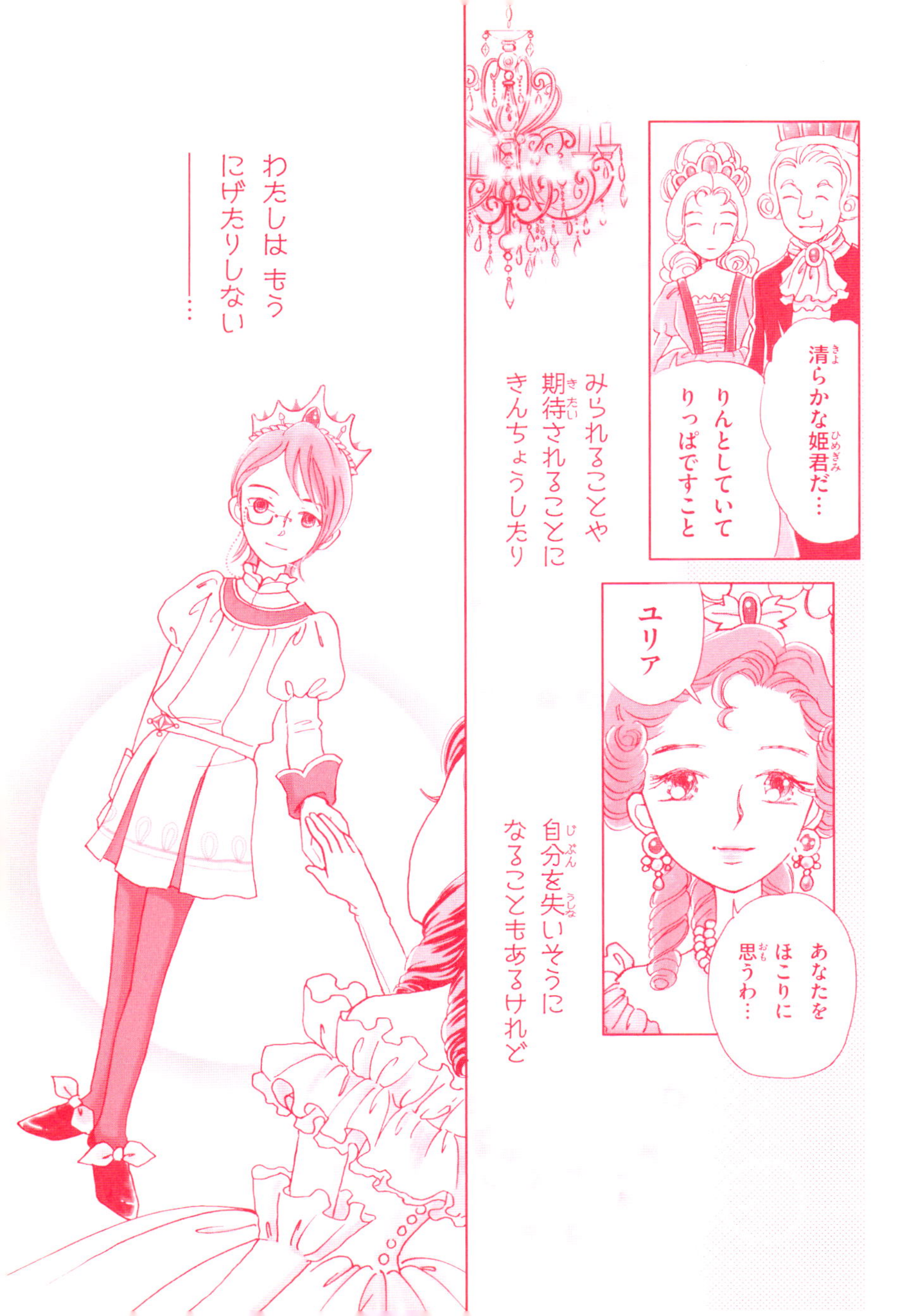
清《きよ》らかな姫君《ひめぎみ》だ…
りんとしていてりっぱですこと
みられることや期待《きたい》されることにきんちょうしたり
ユリア
あなたをほこりに思《おも》うわ…
自分《じぶん》を失《うしな》いそうになることもあるけれど
わたしは もうにげたりしない
――……

だれかに
つくってもらう
王女《おうじょ》じゃなく
自分《じぶん》で考《かんが》え
こたえを
みつけられる

わたしらしい
王女《おうじょ》でいたい
から――……
これが わたし
ユリアの
舞踏会《ぶとうかい》〝デビュー〟の
物語《ものがたり》です
おしまい

原作：ポーラ・ハリソン

イギリスの人気児童書作家。小学校の教師をつとめたのち、作家デビュー。
本書の原作である「THE RESCUE PRINCESSES」シリーズは、
イギリス、アメリカ、イスラエルほか、世界で130万部を超えるシリーズとなった。
教師の経験を生かし、学校での講演やワークショップも、精力的にとりくんでいる。

王女さまのお手紙つき

ティアラ会からの招待状

2017年9月19日 第1刷発行

原作	ポーラ・ハリソン	翻訳協力	池田 光
企画・構成	チーム151E☆	まんが	中島万璃
絵	ajico 中島万璃	心理ゲーム	小泉茉莉花
		編集協力	池田 光 石田抄子 谷口晶美

発行人 川田夏子
編集人 川田夏子
編集担当 北川美映
発行所 株式会社 学研プラス
〒141-8415 東京都品川区西五反田2-11-8
印刷所 図書印刷 株式会社 サンエーカガク印刷 株式会社

この本に関する各種お問い合わせ先
【電話の場合】
●編集内容については TEL.03-6431-1465（編集部直通）
●在庫・不良品（落丁、乱丁）については TEL.03-6431-1197（販売部直通）
【文書の場合】
〒141-8418 東京都品川区西五反田2-11-8 学研お客様センター『王女さまのお手紙つき』係
この本以外の学研商品に関するお問い合わせは下記まで。
TEL.03-6431-1002（学研お客様センター）